恋飛脚

質屋藤十郎隠御用 四

小杉健治

集英社文庫

本書は、集英社文庫のために書き下ろされた作品です。

目次

本文挿絵　横田美砂緒

恋飛脚

質屋藤十郎隠御用　四

第一章　大坂からの客

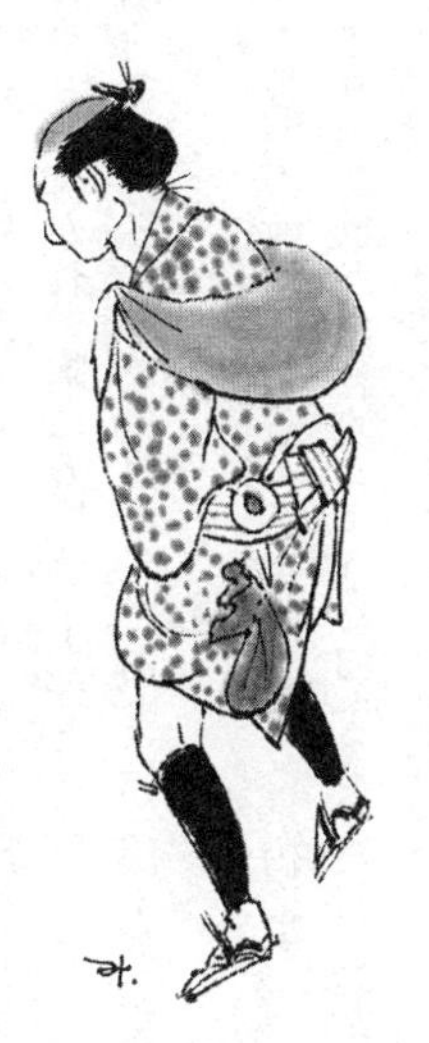

一

浅草田原町二丁目の横丁に『万屋』という質屋がある。土蔵造りの質屋の屋根に飾られた将棋の駒形をした看板には「志ちや」と書かれ、隅に万屋藤十郎とある。

もともと、ここは古着屋があった場所で、跡継ぎがなく廃業したあとに、藤十郎が質屋を開いた。

店を任されているのが二十八歳になる番頭の敏八である。三年前まで、京橋にある大きな質屋に奉公していたが、主人のあまりの強欲さを咎めるような口をきいたことで店をやめさせられた。口入れ屋からの伝で、声をかけてくれたのが藤十郎だった。

儲けに走らぬこと、客のためになること、そして、なんでも質草に、というのが主人藤十郎の考えで、以前の質屋の主人とはまったく違っていた。

戸口に人影が射し、一見商人ふうの男が入って来た。えらの張った顔だ。目が小さく、鼻が大きい。堅気とは違う雰囲気を感じた。二十七、八歳か。

帳場格子から出て、敏八は相手を探るような態度は微塵も見せずに上がり框に腰を下ろした。

「いらっしゃいまし」

男は敏八を値踏みするように鋭い目をくれて、

「ここではなんでも質草にとってくれると聞いてきたんです」

と言い、財布を見せた。

「これで、お願いしますわ」

男は江戸者ではないようだ。江戸店に上方(かみがた)の本店から遣わされた男なのか、あるいは商売で江戸に出てきた商人か。

しかし、やはり堅気とは思えない。

「はい。ちっと拝借を」

敏八は財布を受け取った。

銀彫金金具のついたつづれ織りで、かなり高級そうだ。背面に、竹に笹を添えた竹紋の刺繍(ししゅう)があった。

竹紋といえば、先日亡くなった歌舞伎役者の大瀬(おおせ)竹之丞(たけのじょう)の家紋と同じだった。

「これは立派なものでございますな」

敏八が検(あらた)めていると、

「とってくれますか」

「お使いにならないんですか」

「小銭しか入れないのに、この財布はもったいないからね」

「では、どうしてこんな立派なものを？」

「いただいたんですよ。あるお方と知り合ってね。太っ腹な旦那でね、いい財布ですねって言うと、気に入ったのならやろうと言ってね」

「へえ、そんな旦那がいらっしゃるんですか」

「まあな」

男はにやりと笑った。

「いかほどお望みで？」

「この金具の彫り、生地の織りなど、相当な職人の技ですわ。十両でも売れます。五両でどうですか」

男の言うとおり、財布そのものには十両の値打ちがありそうだ。しかし、紋がついているのは大きな疵だ。

「この紋がなければ、十両で売れるでしょうが、紋が邪魔です」

敏八ははっきり言った。

「仮に、売りに出すとしたら、紋の刺繍をとらねばなりません。それなりの職人に頼むとなると……」

敏八はそう断わった上で、

「どうでしょうか。一両では」

「一両ですか」

男は苦笑したが、

「まあ、いいでしょう」

と、あっさり納得した。

「では、少々お待ちください」

帳場格子の中の机の前に座り、念のために盗品として届けられていないかを調べた。盗品を受け取れば、質屋も罪になる。

盗品の届けはなかった。

再び、男のもとに戻り、

「では、これにお名前とお住まいを」

と、一枚の紙を差し出した。入質証文である。万屋藤十郎の名が書き込んである脇に、名前と住まいを書いてもらう。

「これで」

男は証文を寄越した。

下谷車坂町の惣菜屋『戸田屋』方、半助とあった。

身許が定かでない者には金を貸してはならないというお触れがある。だが、藤十郎は、ひとはそれぞれ言うに言われぬ事情を抱えているのだから身許が不確かでも、貸し付けるという姿勢をとっている。

期限は半年。半年経って、引き取りにこなければ質流れにし、さらに預け入れを望むなら利子を払ってもらい、期限をもう半年延ばす。

「それでよろしいですね」

「構わない」

半助は答えた。

敏八が一両を渡すと、半助は無造作に受け取って引き上げていった。


夕方に、藤十郎が帰って来た。

細面で、眉尻はつり上がり、切れ長の目はいつも遠くを見通しているかのように鋭い光を放ち、高い鼻梁と真一文字に結んだ唇とも相俟って、ひとを寄せつけない気高さがあった。

よぶんなことは口にせず、笑ったところも見たことはない。自分には窺い知ることのできない、何か大きなものを背負っているのではないかと、敏八は最近思うようになっている。

そもそも、この『万屋』の存在だ。

上は大名貸しの大商人や旗本・御家人に金を貸す札差から下は裏長屋の職人、棒手振り、日傭取りなどに金を貸す零細な小銭貸しまで、江戸にはさまざまな金貸しがいる。

その中で質屋が庶民のもっとも身近な存在である。が、『万屋』が相手をしているのは、庶民ばかりではない。

小禄の旗本・御家人がやって来る。しかし、『万屋』に表立って来るのではなく、藤十郎に会いに来るのだ。

藤十郎は彼らに金を貸している。ときには大身の旗本の用人や大名の家臣らしい武士もやって来ている。

もちろん、金を借りにだ。庶民と違い、彼らの要求する金額は桁が違う。それでも、藤十郎は金を貸している。

どこに、そのような金があるのか。まるで、藤十郎は宝の山を抱えているかに思える。

もっとも、その金は藤十郎の実家である『大和屋』から出ているようだ。

『大和屋』は、大名や大身の旗本への大口の貸し出しをし、『万屋』は小口の金を扱う。

そのように役割が分かれているのだと、敏八にも最近わかってきた。

「どうぞ」

店先に顔を出した藤十郎に、敏八は質入れ台帳を見せた。

藤十郎はその日の取引について、必ず確かめる。不審な点があれば、必ず敏八に訊ねる。今も、藤十郎が声をかけた。

「この財布は？」

半助が持って来たものだ。竹に笹を添えた竹紋の刺繍と、特徴を控えておいたので、気になったのだろう。

「はい。半助という一見商人ふうの男が持ち込みました」

「見せてくれ」

「はい」

敏八は小僧に命じて、土蔵にさっき受け取った財布をとりに行かせた。

すぐに、財布を納めた小箱を持って来た。敏八は小僧から受け取り、紐を解いて、木箱の蓋をとって、藤十郎に渡した。

藤十郎は財布を眺めて、やはり竹紋を気にした。が、何も言わずに、木箱に納めた。

「何か」

敏八はきいた。

「いや」

藤十郎は首を横に振った。

二日後。きょうも藤十郎は朝から出かけていた。最近、なにやら忙しそうだ。

敏八は、ときたま門付けにやってきた女太夫が最近現われないのを不思議に思っていた。

綿の衣服に小倉の帯を締め、木綿紅色の手甲をはめ、白足袋に吾妻下駄、丸い菅笠をかぶっている。笠の内で顔は見えないが、あごの線や襟足の美しさが際だっている。

唄は巧みで、声は哀調を帯び、三味線の音締めもよく、その艶のある風姿に見とれていた通り掛かりの者も、次第に唄声に聞きほれていく。

この女太夫がやってきたあとには必ず、藤十郎が出かける。つまり、あの門付けは藤十郎を呼び出すものだということに、敏八は気づいていた。

だが、このひと月ほど、女太夫が現われないのだ。

店を開けて、四半刻（三十分）ほどして、客がやって来た。

冬物の古着と手焙りを持ち込んできたのは、近くの長屋に住むおかねだ。毎年、初夏になると、冬物を質入れしに来る。秋になったら請け出す。

手慣れた感じで、おかねは入質証文を書く。

「一文でいいんですか」

敏八は確かめる。

「だって、請け出すとき困るもの。うちの宿六の稼ぎじゃねえ」

おかねはまん丸い顔の口許を自嘲ぎみに歪(ゆが)めた。

「いい旦那じゃありませんか」

「ひとがいいだけ。金を稼ぐことはてんでだめ」

「では、これを」

敏八は金を渡す。一文だ。あくまでも、季節で使わないものを『万屋』に一時的に預けておくだけなので、請け出すときも重荷にならないように安い金額を求める。

『万屋』の土蔵に仕舞ってあれば、火事があっても安心である。

「そうそう、東本願寺さんの境内でひとが殺されていたって騒いでいたわ」

「ひとが？」

「男のひと。匕首(あいくち)で刺されていたんですって。怖いわねえ」

「そうですか。ともかく、物騒なことで」

「じゃあ、また、秋に来るわ」

おかねは手を振って元気に出ていった。

それから、半刻（一時間）後、蝮(まむし)の吾平(ごへい)と呼ばれる岡っ引きが入ってきた。一瞬、敏八は顔をしかめた。

「これは親分さん」

だがすぐ、にこやかに声をかけた。

蝮の吾平は三十半ば過ぎ。色白ののっぺりした顔で、唇が薄く、舌が赤くて長い。話しながら、何度も舌なめずりをする。それが、まるで蛇のようで、不気味だった。執念深く、世間から蛇蝎のごとく嫌われていることをかえって得意がっているようなところがあるので始末が悪い。

「すまねえな。ちょっと、ききてえことがあるんだ」

吾平はずかずかと帳場格子まで近づいてきたが、いつもの傲岸さはなかった。

「いえ、なんでしょうか」

「じつは、東本願寺で男が殺されたんだ」

「男が……」

さっき、おかねが話していた件だ。なぜ、ここにやって来たのか。

「身許がわからねえ。だが、その男が巾着の中にこれを持っていた」

そう言い、吾平は質札を差し出した。

「これは……」

「半助と書いてある。知っているな」

「へい。数日前、ここにやって来ました」

「どんな男だ？」

「二十七、八のえらの張った顔をした男でした。目が小さく、鼻は大きかったようです」

敏八は答え、

「その半助さんが殺されたのでしょうか」

と、きいた。

「間違いない。質入れ台帳を見せてもらえないか」

「はい」

敏八は吾平の態度に当惑しながら台帳を見せた。今までなら、見せやがれと頭ごなしに言ったものだが、きょうの吾平の当たりはやわらかい。

敏八は台帳を見せた。

「車坂町の惣菜屋『戸田屋』方か。間借りをしているようだな」

吾平は呟(つぶや)いてから、

「半助が質入れした財布ってのを見せてもらえるか」

「は、はい」

敏八は躊躇(ちゅうちょ)した。

「まあ、旦那に相談しなきゃ見せられねえっていうなら、また出直す」

いつもなら、お上(かみ)の御用を舐(な)めるんじゃねえとどやされるところだが、今までと違った。

「いえ、主人には私から話しておきます。これ、三吉(さんきち)。品物を持って来てくれないか」

敏八は声をかけた。

へいと答え、三吉は土蔵に向かい、すぐに、戻ってきた。

「ご苦労さん」

敏八は木箱の紐を解き、蓋を外した。

財布を取り出し、吾平に見せる。

「なかなかの上物（じょうもの）だな。やっ、この紋は……」

財布を裏返しにして、吾平は目を剝（む）いた。

「竹に笹を添えた紋は、確か、二カ月前に死んだ大瀬竹之丞の家の紋と同じだ」

「はい。そのようで」

「半助がどうしてこんな上物を持っていたんだ？」

「あるお方と知り合い、いい財布ですねって言ったら、くれたと言ってました」

「ほんとうとは思えねえな」

吾平は鼻で笑った。

「まあ、いい。半助のことを調べれば、何かわかるだろう」

財布を返し、吾平は引き上げた。驚いたことに、旦那によろしくなと、言い残して引き上げていった。敏八は財布を手に茫然（ぼうぜん）とした。

この財布の持主が死んだとなれば、この財布はどうなるのだ。このまま期限が過ぎてのだろうが……。

質流れになるのか。あるいは、半助に身内がいれば、その者に質札を委ねることになる

「どうした？」

藤十郎が声をかけた。

「あっ、旦那さま」

いつの間にか、藤十郎が帰って来ていた。

「じつは、今、吾平親分が来まして」

と、東本願寺で殺された男が、この財布を質入れした半助らしいと話した。

藤十郎の顔が翳(かげ)った。

「それを」

藤十郎が手を伸ばした。

敏八から受け取った財布を、藤十郎は前回よりさらに入念に検めた。その目は厳しい。

やがて、何かに気づいたようだったが、何も言わずに、

「大事に預っておくように」

と財布を寄越し、奥に向かった。

藤十郎の様子が気になって、敏八はもう一度財布を眺めたが、何もわからなかった。

二

吾平は子分の喜蔵(よしぞう)とともに下谷車坂町にある惣菜屋の『戸田屋』にやって来た。

そろそろ昼時で客が立て込む頃だ。

「邪魔するぜ」

吾平は店先に立った。

「これは親分さんで」

亭主らしい五十年配の男が出てきた。

「ここに半助という男がいるか」

「半助さんですか。へい、二階の間借り人です。きのうから帰っていないようでして」

亭主が当惑顔で言う。

「いつから、いるんだ？」

「はい。十日前です」

「十日前？　最近だな。それまではどこにいたかわかるか」

「大坂(おおざか)から出て来たばかりだと言ってました。たまたま、この前を通って、貸部屋の貼紙を見て、うちにやって来ました」

「大坂の人間か」

　吾平は意外に思った。

「江戸に何しに来たのか聞いているか」

「商売だと言ってました」

「何の商売だ？」

「それが、はっきり言いませんでした」

「暮らしぶりはどうだった？　毎日出かけていたのか」

「はい。出かけてました。夜も、遅いときがありました」

　半助は何をしていたのかと考えたが、吾平は想像がつかなかった。大坂から出て来たのだ。何らかの目的があってのことだろう。

「半助の部屋を見せてもらいてえ」

「親分さん。半助さんが何か」

「半助が何かしたわけじゃねえ。逆だ」

「逆？」

「殺された」

「げっ、ほんとうでございますか」

　亭主がのけぞらんばかりに驚愕（きょうがく）した。

「ほんとうだ。今朝、東本願寺の植え込みで死んでいるのが見つかった」

半助は心の臓をひと突きにされていた。殺されたのは昨夜だ。行きずりの殺しとは思えない。

大坂から江戸に出て来たのは誰かに会いに来たのかもしれない。毎日出歩いていたのは、その相手を探していたのではないか。

「さあ、案内してもらおう」

「はい。こちらでございます」

土間から板の間に上がり、二階に行った。

六畳の部屋に、半助は住んでいた。荷物はたいしてない。旅で担いでいた振り分け荷物があったが、中身は火打ち石や矢立（やたて）、道中案内などで、江戸に着いて、まだ日が浅いことがわかった。

その他にはなにもない。江戸にやって来た目的がわかるものや、江戸で誰に会ったかを示すものは何もなかった。

「親分さん」

亭主が心細そうにきいた。

「もう半助さんはここには戻って来ないんですね」

「そうだ。もう帰っちゃこねえ」

「そうですか」

　亭主はため息をついた。

「おまえさん」

　女房が梯子段を上がってきた。外出先から帰って来たようだ。

「何かあったのかえ」

「たいへんだ。半助さんが殺されたそうだ」

「そ、それはほんとうで」

　女房は喉に引っかかったような声を出した。

「ほんとうだ。だから、親分さんが来ているんだ」

　吾平は女房に顔を向け、

「半助が毎日、どこに行っていたか、知らないか」

と、きく。

「一度、浅草奥山で見掛けました」

「奥山だと？　そこで何をしていたんだ？」

「わかりませんが、誰かを探しているようにきょろきょろしていました」

「誰かを探していた？」

「はい。そんな気がしました」

「そうか。それはいつごろだ？」

「うちに来た二日か三日後のことです」

「江戸に来たばかりのころだな。その他に何か気づいたことはあるか」

「いえ。あまり、自分のことは話しませんでしたから」

「半助は、田原町にある『万屋』という質屋に顔を出しているが、その質屋のことは？」

「はい。私が教えました。『万屋』さんは盗品以外なら何でも受け取ってくれると話しました。それで行ったのだと思います」

　女房が答えた。

「大坂に、誰か身内がいるとか言っていたか」

「いえ、誰もいないそうです。江戸で骨を埋めるつもりのようなことを話していましたから」

「江戸に骨を埋める？」

「もう大坂に帰れない事情があるそうです」

「大坂に帰れない事情ってなんだ？　何か悪いことをして逃げて来たのか」

　そうに違いないと、吾平は思った。江戸の誰かを頼って、大坂から逃げて来たのではないか。

しかし目指す江戸のひとは、名前だけで住まいまで知らなかった。それで毎日探していた。殺した人間は大坂から追って来たものか。それとも、頼っていった相手に何らかの理由で殺される羽目になったか。

「念のためだ。しばらく、この部屋を片付けないでもらいてえ。なあに、二、三日だ」

部屋の中に見過ごしがあるかもしれないと、吾平は用心深くなっていた。

「邪魔した。喜蔵、行くぜ」

「へい」

梯子段を下り、吾平は子分の喜蔵と外に出た。

浅草奥山に行った。大道芸人や軽業、楊弓場、芝居の掛け小屋などで賑わっている。半助はここにやって来ていたという。

大坂から誰かを頼って江戸に出て来たのなら、こんな盛り場でのんびりしている余裕はないはずだ。

目指す相手はこの奥山にいるのか。吾平はまず楊弓場の土間に入る。一瞬顔をしかめた矢場女を睨みつけ、他の女にも聞こえるような大声で、

「大坂からやって来た二十七、八の男がここに顔を出し、何か訊ねなかったか。半助という名だ」

「いえ、見ません」

白粉を塗りたくった女が答える。

「おめえたちはどうだ？」

皆、首を横に振る。

「客の中にもいなかったのだな」

「ええ、おりません」

女たちは否定した。

「そうか。邪魔した」

隣の楊弓場にも行ったが、誰も半助を知っている者はいなかった。

掛け小屋の木戸番や大道芸人たちにもきいたが、誰も知らなかった。半助はいったい、ここで誰を探していたのか。

「どうも、わからねえ」

吾平は顔をしかめた。

「親分。やっぱり、半助は単に遊びに来ただけなんじゃないですかえ。江戸に着いて二、三日後でしょう。まだ、急いで相手を探すこともなかったんじゃないですかえ」

喜蔵が考えを述べた。

「半助のような若い男が遊ぶとしたら楊弓場だ。だが、矢場女は知らないと言っている。

まさか、軽業とか大道芸を楽しんでいたわけじゃあるまい。それに、男が遊ぶなら吉原(よしわら)がある。どう考えても、何かの目的があってここに来たとしか思えねえ」

いってえどんな目的で、ここにやって来たのか。

「親分。あれ」

喜蔵が呼んだ。

喜蔵の目の先を追うと、掏摸(すり)の六助(ろくすけ)が人ごみを縫って奥のほうに行く。二十代半ば過ぎの、中肉中背の男だ。色白で、目鼻だちの整った顔をしている。

「やるつもりか」

吾平は緊張した声を出した。

六助は目をつけた男がいたようだ。六助の前を、商家の主人ふうの男が歩いている。絹の上物を着て、金を持っていそうな雰囲気だ。男には連れがいる。一歩下がってついて行く。

掏摸の捜索で始末が悪いのは掏(す)りとった現場を目にしなければ捕まえられないことだ。これまで何度か六助を捕まえ損ねている。いつも仕事をしたあと、掏りとった財布を仲間に渡してしまうため、逃げられてきた。

きょうこそ、捕まえてやると息巻き、吾平は六助を追った。六助がつけている男は浅(あさ)草田圃(くさたんぼ)のほうに向かった。

六助はふと脇のほうから先回りをして、商家の主人ふうの男のだいぶ前に出た。そして、戻って来た。

「やりますぜ」

喜蔵が息を呑む。

「よし」

人ごみに隠れながら近づく。

六助も主人ふうの男に正面から迫る。すれ違いざまに、懐から財布を掏りとる魂胆だ。掏りとってこっちにきたときに捕まえるつもりだ。周囲に、六助の仲間は見当たらない。が、どこかにいるはずだ。その者に、財布を渡す前に六助を捕まえる。

六助が男に迫った。よし、と待ち構えたが、六助の動きが止まった。

「やっ」

何があったのかと、吾平はひとをかき分けて、男の傍に向かった。

男が六助の腕をひねり上げている。六助は激痛に悲鳴を上げた。

「どうしてえ」

吾平が声をかけた。

「これは親分さんですか」

主人ふうの男は六助の腕を放して顔を向けた。四十前の柔和な顔だちの男だ。だが、眼光鋭く、威圧感のようなものがあった。

「なんでもありません。このひとがよろけて目の前で倒れそうになったので、腕をとって支えてやったのです」

六助は腕を押さえて痛そうに顔をしかめている。

「失礼ですが、おまえさんは？」

「名乗るほどの者ではありませんが、親分さんに問われたのであれば、名乗らざるを得ますまい」

男は穏やかな口調で、

「鴻池本家の筆頭番頭で、佐五郎と申します」

「鴻池本家？」

吾平はあっと声を上げた。

「はい。よろしければ、急ぎますので」

佐五郎は六助に向かい、

「おまえさんも、これからはよく相手を見て」

と注意を促し、吾平に向かって一礼をして連れの男とともに歩きはじめた。連れは三十過ぎの細面で、鼻筋が通った落ち着いた感じの男だった。

吾平は脇の下に汗をかいていた。すさまじい貫禄だ。太刀打ち出来ねえと、吾平は愕然とした。

　連れの細面の男も鋭い顔だちをしていた。あれが、鴻池本家の人間かと、吾平は首をすくめた。

　鴻池のことは、藤十郎から聞いたことがある。大坂の豪商だ。大名も頭が上がらないほどの金持ちで、その鴻池には闇の組織ともいうべき裏鴻池（うらこうのいけ）という一派がいる。鴻池の財力を武器に次々と大名家を支配下に置き、さらに江戸へ乗り込もうとしているという。

　それを阻止するために藤十郎は、吾平にも手を貸してくれと言った。

「おい、六助。おめえ、何した？」

　喜蔵の声で、吾平は我に返った。

「いや、なんでもねえ」

　六助が首を横に振る。

「なんでもなくはなかろうぜ。腕をひねり上げられていたじゃねえか」

　喜蔵がむきになった。

「そうじゃねえ。弾みでああなったんだ」

「六助。とぼけるんじゃねえぜ」

　吾平がどすをきかせる。

「とぼけてなんかねえ……」

「じゃあ、なぜ、今の男のあとをつけ、途中で先回りをしてぶつかっていったんだ？」

「それは……」

六助ははっとしたように声を呑んだ。

「財布を掏ろうとしたな」

「違う。そうじゃねえ。ただ……」

六助は言いよどんだ。

「ただ、なんだ？」

「なんでもねえ」

「隠すのか」

「いや、隠しちゃいねえ」

「六助。おめえは何も掏っちゃいねえんだ。だから、何も心配することはねえ。正直に話してみな」

今度は語気を和（やわ）らげ、吾平は諭すように言う。

「へえ」

「どうなんだ？」

喜蔵が脅す。

「へえ、仰(おっしゃ)るとおりで」

六助は素直に認めた。

「どじを踏んだか」

「うまくいくはずでした。でも、いきなり、手首をつかまれたんです。あの男は只者(ただもの)じゃありませんぜ」

「うむ。確かに、只者じゃねえな」

「こんなこと、はじめてでさ。剣術使いの侍からも何度も財布を頂戴……。いや、そうじゃねえ」

「隠さなくていい。現場を見なきゃ、捕まえられないんだ」

吾平は安心させる。

「へい。ともかく、今の男は単なる商人じゃねえ」

「おめえはなぜ、今の男に狙いを定めたんだ？」

「見るからに金を持ってそうじゃありませんか」

「どこで見掛けたのだ？」

「雷門(かみなりもん)の前で駕籠(かご)から下りたんです。仲見世から観音様にお参りをし、奥山に向かいました。ずっと、隙を窺(うかが)いながらつけたんです」

「駕籠で来たのか」

「親分。もういいですかえ。早く、験直(げんなお)ししねえと、腹の虫が治まらねえ」

「わかった。いいぜ」

六助は小走りに去って行った。

「親分。鴻池本家の佐五郎ってふつうの商人でしょうか。何か、貫禄がありましたね」

「うむ。只者じゃねえ。だが、今はそんなこと、関係ねえ」

ここに来た目的は、半助のことだ。なぜ、半助がここにやって来たのか、結局わからなかった。

奥山を出て、田原町の『万屋』に寄った。

「すまねえな。もう一度、さっきの財布を見せてくれねえか」

「はい。少々お待ちを」

敏八が小僧に財布を持って来させた。

「どうぞ」

敏八が財布を差し出す。

吾平は財布を検めた。やはり、半助には不釣り合いな代物(しろもの)だ。

「親分さん。半助さんのことで何かわかりましたかえ」

敏八が遠慮がちにきいてきた。

「うむ。半助は大坂から十日前にやって来たようだ」

「やはり、あっちのお方でしたか。上方なまりでした。で、その財布に何か」

「半助には不釣り合いだ。確かに盗みの届けは出てねえが、落とし物とも考えられるんでな、奉行所に問い合わせる前に、特徴を頭に入れておこうと思ってな」

吾平は大きさ、色、形、文様などを頭に入れて、敏八に返した。

「すまなかった」

吾平は店を出た。


夕方、田原町の自身番に行くと、吾平が手札をもらっている北町奉行所定町廻り同心の近田征四郎がすでに来ていた。

「旦那。遅くなりました」

「なあに、俺も今来たところだ」

近田征四郎は外に出て来た。

ひょろっと背の高い男だ。やけに顎が長いが目鼻だちは整っていて、鼻から上を見るといい男だが、口許や顎を見ると印象がまったく変わる。

「なんだ、何かついているのか」

「いえ、なんでもありません」

あわてて、吾平は答えた。

「で、ホトケのこと、何かわかったか」

「へえ、やはり、入質証文にあった半助って名でした。車坂町の『戸田屋』っていう惣菜屋の二階に十日前から間借りしてました」

「十日前か。その前は？」

「どうも、大坂から江戸に出て来たようです」

　惣菜屋の女房から聞いた話をし、

「誰かを探していたような節がありました。名前だけを頼りに探し回っていたようです。奥山で見掛けたって言うんで、歩いてみましたが手掛かりはつかめませんでした」

「うむ。まだ、これからだ」

「へい。それから、半助が質入れした財布ですが、かなりの上物です。半助がどうして持っていたのかわかりません。盗みの届けは出ていません。あるいは、落とし物を拾ったのかもしれません。で、財布の出所を調べてみようと思ってます」

「上物の財布か」

　ふと、思いだして、吾平はきいた。

「旦那。鴻池本家って知っていますかえ」

「鴻池本家？　鴻池は大坂の豪商だ。なんでも、大名も頭が上がらないほどだと聞いたことがある。鴻池がどうかしたか」

「へい。じつは、奥山でこんなことがありました」

六助が掏摸を働こうとして失敗に終わった話をした。

「鴻池本家の佐五郎か。鴻池の主人は鴻池善右衛門と聞いている。それほどの貫禄なら、善右衛門の身内かもしれぬな」

征四郎は眉根を寄せて言ってから、

「そんな豪商など、こっちには縁はない。それより、半助の件だ」

「へえ、わかりました」

豪商などにかかずらっている場合ではない。だが、鴻池の動きも気になる。吾平は藤十郎に手を貸すことを約束したのだ。

征四郎が一方的に言う。

「半助が探していた相手を探る必要があるな。名前だけが頼りでは、見つかりっこない。仕事も聞いていたはずだ。たとえば、飾り職人の何々といえば、見つけ出せるだろう。それに、車坂町に住んだのは探す相手が浅草方面にいるからではないのか。だから、奥山をうろついていたんだ」

「なるほど」

「そうだとしたら、誰かに訊ねているはず。半助が訊ねた相手を探り出せれば、誰を訪ねようとしたかはわかる」

「奥山をうろついていたのは、奥山に関係する仕事をしているってことですね」

「そうだ。楊弓場ではないとすると……」

「もう一度、惣菜屋の女房に確かめてみます。奥山とだけ聞きましたが、半助がどこに立っていたか、確かめてきます」

「よし。頼んだ」

「へい」

吾平は征四郎と別れ、再び車坂町へ向かった。

三

藤十郎は、鴻池本家の番頭であり、鴻池の主人善右衛門の弟である佐五郎と善右衛門の末娘のおそのを『大和屋』の玄関まで見送った。

「藤十郎どの。明日の旅立ちは早朝ですから、お見送りは無用に願います。大坂に立ち帰り、藤十郎どのを迎える準備をいたしておきます。では、お待ちしております」

佐五郎は念を押す。

「藤十郎さま。今度は私が大坂をご案内させていただきますわ」

おそのはにっこり微笑(ほほえ)んだ。凜(りん)とし、美しい女だが、少し皮肉そうな笑みを湛(たた)えている。まるで、挑発するかのような笑みだ。

「よろしくお願いいたします」

ふたりは駕籠に乗りこんだ。

藤十郎は複雑な思いで、駕籠を見送った。

鴻池は大坂の豪商である。始祖は尼子(あまこ)の家臣山中鹿之助(やまなかしかのすけ)の子だという。鴻池は酒造業からはじまり海運にも手を伸ばし、さらに両替商になり、巨万の富を得た。

だが、鴻池が単なる豪商と違うのは富が桁外れというだけでなく、見え隠れする野望である。それは、裏鴻池の存在である。

困窮した大名は鴻池に金銭的に頼っている。全国の半分近い大名が鴻池から金を借りていると言われている。

だが、鴻池は単に金を貸しているだけではない。金を貸した大名家が返済に困ってくると、いつしか自分のところの番頭を派遣し、大名家の人事やまつりごとにまで介入している。ときには、親族の娘を若君の嫁に送り出し、やがてはその大名家の実権を握ろうとしている。

その大名家の内部に入り込もうと暗躍しているのが、裏鴻池なのだ。裏鴻池の実体は暗幕に包まれている。だが、裏鴻池の目指すところは想像できる。財力でもって、実質的に全国の大名を支配しようとしているのだ。

その裏鴻池が江戸に進出を企てている。窮する旗本・御家人に金を貸そうとしているのだ。諸国大名家から幕臣に狙いを変え、豊富な財力によって幕臣を支配しようとしている。このままでは、いつか、裏鴻池は幕府に対抗する力を蓄えていくに違いない。だが、江戸には『大和屋』がいる。神君家康公は商人の台頭とともに、やがて武家が困窮していく事態を予想し、『大和屋』を作ったのだ。

札差からも相手にされなくなった旗本・御家人に金を貸し出し、救済する役目を担っているのが『大和屋』である。

裏鴻池にとって、江戸の直参（じきさん）に金を貸し出すには『大和屋』が邪魔であることは確かだ。

裏鴻池は『大和屋』に対してどう出るか。対立するには危険が大きいと考え、『大和屋』と縁を結ぼうとしている。

つまり、鴻池善右衛門の末娘のおそのと藤十郎との縁組であった。

善右衛門の弟佐五郎がおそのを伴い、わざわざ江戸に下り、『大和屋』に挨拶に来た。その返礼として、藤十郎を大坂に来させようとしているのだ。

そして、それは、おそのとの婚約を周囲に認めさせることになる。藤十郎は追いつめられたような心持ちだった。

三月初めにやってきた佐五郎とおそのは、一カ月ほど江戸に滞在した。

駕籠が門を出て行くのを見送って、藤十郎は座敷に戻った。

『大和屋』の当主藤右衛門と藤一郎が待っていた。

「ごくろう」

藤右衛門が鷹揚に言う。

藤右衛門は藤十郎の父であり、六十を過ぎてまだ矍鑠としている。皺だらけの顔に鋭い眼光、長く白い顎鬚の怪異な容貌である。

「藤十郎。できるだけ早い時期に大坂に向かってもらわねばならぬ。よいな」

兄の藤一郎が言う。四十歳。いずれ藤右衛門を継ぐ人間だ。

「大坂には参ります。返礼の義理もありましょうゆえ。なれど、私は……」

「待て」

藤一郎が片手を上げて制した。

「何度も言うように、裏鴻池の企みを知る好機なのだ。そなたには辛かろうが、大義のため、心を捨ててもらう」

「おつゆは密命を帯びて館林に行ったと、綱次郎どのは話しておりましたが、まさか、おつゆに？」

藤一郎は藤右衛門に目を向けた。

『大和屋』の客間には、大名や大身の旗本の家老や用人などが押しかけている。金を借りるためだ。そういう客の相手をするのは『大和屋』の番頭格の綱次郎である。

その綱次郎の娘がおつゆであった。二十二歳。いつもは丸い菅笠をかぶり、三味線を抱えた女太夫として町を流し、藤十郎のために探索の手伝いをしてくれていた。

藤右衛門が口を開いた。

「おつゆには何も話してはおらぬ。だが、おつゆは頭のよい女子だ。すべてを察していたようだ」

「そうですか」

いつか、おつゆを嫁にする。そう誓い、おつゆもまた、いつまでも待つつもりだった。だが、その望みが断ち切られた。

おつゆの父綱次郎は『大和屋』の忠実な番頭だ。『大和屋』のために、おつゆを遠くに追いやったのは綱次郎かもしれない。

「いつ、出立する？」

藤一郎がきいた。

「十日後あたりに」

「いいだろう」

「供は？」

「光吉と三太のふたりにしようと思います」

光吉は猿回しの子で、父が身の回りの世話をさせるように家来にした。三太は孤児だったのを、父が引き取った。ふたりとも忠義に厚い男だ。

「いいだろう。私からふたりに伝えておく」

「はい。では、私はこれにて」

藤十郎は立ち上がった。

玄関に向かう途中、綱次郎と会った。綱次郎は廊下の端に寄って頭を下げた。

藤十郎は立ち止まり、

「おつゆに連絡することがあれば、伝えてもらいたい」

と、綱次郎に声をかけた。

「はい。なんなりと」

「私を信じて待て、と」

はっとしたように、綱次郎は顔を上げた。

「よいな。必ずぞ。そのとき、そなたの意見は添えるな。よいな」

「はっ、畏(かしこ)まりました」

綱次郎は恐縮したように応えた。

綱次郎のことだ。藤十郎さまの言伝(ことづ)てとして、「『大和屋』のために身を退(ひ)くのだ」などと言い出しかねない。

「頼んだ」

念を押してから、藤十郎は玄関に向かった。

入谷田圃（いりやたんぼ）の外れに広大な敷地を持つ『大和屋』をあとにして、藤十郎は田原町の万屋に戻った。

夕闇が迫り、そろそろ暖簾（のれん）を仕舞うころだった。

藤十郎は裏口から入り、店に顔を出した。

「あっ、旦那さま」

敏八が待ちかねたような声を出した。

「どうした？」

敏八が財布を手にして小首を傾（かし）げていた。

「はい。また、吾平親分がやって来て、財布を見て行きました。殺された半助さんは大坂の人間だそうです」

「大坂？」

「はい。そういえば、私も上方のひとかと思いました。吾平親分は財布が不釣り合いなので、拾ったものかどうか調べると言ってました」

敏八は財布を掲げ、

「これは確かに上物です。もし、盗品だったら……」

と、当惑したように言う。

盗品の届けが出ていなかったから罪にはならないが、盗品だったら丸損になると、敏八は悩んでいるようだ。

「どれ」

藤十郎は財布を受け取った。

懐に入れて、立ち上がった。

「出かけてくる」

藤十郎は駒形に出て、蔵前から浅草御門を抜けて、浜町堀にやって来た。

大瀬竹之丞の父親知久翁は元浜町に居を構えていた。五年前に、大瀬竹之丞の名跡を倅に譲って隠居し、いまは俳諧の世界に入り込んでいる。

だが、この二月半ばに、竹之丞が自害した。大坂に招かれ、舞台に立ったが、『本朝廿四孝』の八重垣姫が不評だった。大坂から帰って江戸の舞台に立ったものの、芸が荒れていた。自害したのは芸の行き詰まりということになっていたが、そこに裏がある。藤十郎はそう思っている。

藤十郎は格子戸を開けて、訪問を告げた。

ずいぶん静かだ。やはり、竹之丞の死がまだ影を落としているのだろうか。

　女中が出て来た。

「万屋藤十郎と申します。知久翁さんはいらっしゃいますか」

「少々、お待ちください」

　女中は奥に引っ込んだが、すぐに戻ってきて、

「どうぞ」

　と、招じた。

「では」

　藤十郎は女中の案内で、奥に向かった。通されたのは客間ではなかった。

　女中が襖(ふすま)を開けると、ふとんの上に知久翁が半身を起こして待っていた。

「知久翁さん、これは」

　藤十郎は窶(やつ)れた姿の知久翁に胸を突かれた。

「いや、心配するようなことではありません。竹之丞が死んだことが、あとになって心身に堪(こた)えたようです。物が食べられなくて。そのせいか、目眩(めまい)がして、寝込んでおりました。でも、だんだん、よくなって来ています」

　知久翁は静かに言った。

「そうですか。お大事になさってください」

　藤十郎はいたわってから、

「どうぞ、横におなりください」

と、勧めた。

「いや、だいじょうぶです。で、何か」

「これをご覧ください」

懐から財布を出して、見せた。

「これは」

手にとるや、知久翁が目をしょぼつかせた。

「竹之丞さんのものですか」

「いえ、私の財布です」

「知久翁さんの？」

「はい。竹之丞が大坂に出立する際に、道中安全の祈願にと錦包懸守（きんぽうかけまもり）といっしょに、この財布に十両を入れて持たせました」

懸守は紐につるして首から胸元にかけるお守りだ。

「では、この財布は竹之丞さんが大坂に持っていったのですね」

「そうです。ですが、帰って来たとき、持っていませんでした。どこかで失くしたと言ってました」

「失くした……」

「いったい、どうしてこの財布があなたのところに？」

知久翁は不思議そうにきいた。

「半助という男が私のところに質入れにきました」

「質入れ？」

知久翁は怪訝な顔で、

「でも、どうして……。その財布は竹之丞が大坂で失くしたんです」

「半助は大坂から江戸にやって来たようです」

「そうですか。大坂で拾ったんですね」

「そうかもしれません」

藤十郎は少し迷ったが、思い切って口にした。

「じつは、その半助が先日、殺されました」

「…………」

知久翁が息を呑んだ。

「まだ下手人は上がっていません。なぜ、殺されたのかもわかりません。ただ、この財布が気になるのです」

「大坂から持って来たからですか」

「それもありますが、財布の中をよくご覧ください」

藤十郎は注意を向けた。

「中ですか」

知久翁は財布の中を見る。

「何か」

わからなかったらしく、顔を上げた。

「中に布をかぶせて縫い合わせてありますね」

藤十郎が言う。

「確かに」

知久翁が頷く。

「何かを隠してあるように思えます。隠したのは、竹之丞さんではないでしょうか。この財布を持ち込んだ半助、ほんとうの持主と思われる竹之丞さんはすでに亡くなっています。知久翁さんに、これを破って中を確かめるお許しをいただきたいのです」

「もちろん構いません。私も何が隠されているか知りたい。どうぞ、お願いします」

知久翁が財布を藤十郎に寄越した。

岡っ引きの吾平の立ち合いをとも考えたが、この財布は竹之丞のものであり、細工をしたのも竹之丞に違いない。半助とは関わりないと考え、この場で調べることにした。糸で簡単に縫い合わせてあるだけだ。その糸を爪で引っ掛け、かぶせてある布を引き剝がした。

　四つ折りの紙切れが出て来た。

　藤十郎は目を細めてそれを見つめた。手紙が隠されているのでは、という予想が外れた。

　かつて質草の煙草入れの中に書き付けが隠されていたことがあったので、てっきり手紙か何かだと思ったのだ。

「思いもしないものでした」

「なんですか、それは？」

　知久翁が身を乗り出す。

「質札です」

「質札？」

　知久翁が怪訝な顔をした。

「江戸の店ではありません。大坂です」

「大坂ですって」

「竹之丞さんが、大坂のこの質屋に何かを預け入れたのでしょう」

　堂島の『宝来屋』という質屋だ。質草は文箱となっている。文箱は、書状や願文を入れて使いに持たせるものだ。

「でも、なぜ、質札を隠すように財布に入れておいたのでしょうか」

「隠すというより、財布の中身の出し入れの際に落とさないように括りつけていたのかもしれません。いずれにしろ、大事に仕舞っていたようですね」

「いったい、何のために預けたのでしょうか」

知久翁の息が荒くなっているのに気づいた。

「どうぞ、横におなりください」

「そうさせていただきます」

知久翁が横になった。

「私は近々大坂に行くことになっています。『宝来屋』を訪ね、この品物を見せていただきます。ただ、預け入れは六カ月。もう期限が切れていますので、質流れ品として処分されているかもしれませんが」

「ぜひ、お願いします」

竹之丞が死んでから、知久翁は急に弱ったようだ。竹之丞の死に鴻池が関わっているのは間違いない。鴻池の吉弥（きちや）という番頭が、知久翁に竹之丞が大坂で人殺しをしたと告げた。

殺されたのは新町（しんまち）の遊廓の喜多尾太夫（きたおだゆう）だという。鴻池の分家の主人の招きで新町の遊廓で遊んだおり、竹之丞は喜多尾太夫と懇ろ（ねんご）になった。ふたりは燃え上がり、竹之丞が江戸に帰る日が近づくと、別れがつらくなり、喜多尾太夫は竹之丞と心中しようとした。だが、喜多尾太夫だけが死に、竹之丞は助かった。鴻池の分家の主人が遊廓に金で話をつけ、喜多尾太夫を病死として処理をし、竹之丞にはお咎めがなかった。

そう吉弥が語った。

しかし、藤十郎は一方的な鴻池側の説明に疑問を抱いていた。

知久翁の家を辞去し『万屋』へ戻る道すがら、藤十郎は竹之丞が何かを訴えかけようとしているように思えてきた。

四

翌日、吾平は浅草の奥山に来ていた。

きのう、もう一度惣菜屋の女房にきいたところ、半助を見掛けたとき、傍に地廻りの男がいたことを思い出してくれた。

半助が地廻りに声をかけたのは、探す相手がその種の人間だからかもしれない。ともかく、惣菜屋の女房が見たという痩せぎすで、頬骨の突き出た男を探すことにした。

相変わらず、奥山は人出が多い。水茶屋も客が立て込み、辻講釈や独楽廻しの前にもひとがたむろしていた。

「親分、あの男」

　喜蔵が声をかけた。

　水茶屋の茶屋女を冷やかしている遊び人ふうのふたりのうちのひとりが、痩せぎすの男だった。いやがる茶屋女の手を握ろうとしている。

「怪しいな」

　吾平はその男に近づいた。

「おう、何しているんだ」

「誰でえ」

　女の手を握ったまま、痩せぎすの男がうるさそうに振り向く。

「あっ、親分さん」

　あわてて、女の手を離した。

　女は手を引っ込めるや、吾平に会釈をして、店の中に戻っていった。

「何していたんだ？」

「別に何もしちゃいません。ただ、あの女に誘われたので……」

「誘われた？　そんなふうには見えなかったがな」

「へえ」

「親分さん。あっしたちは、馴染みでして」

もうひとりの小太りの男が進み出た。

「おめえたちは、善介(ぜんすけ)のところの者か」

「へえ」

善介はこの界隈を縄張りにしている地廻りの親玉だ。不法にしょば代やみかじめ料を取っている。

だが、よそ者がこの界隈で暴れるのを取り押さえてくれるのはこの連中なので、大目に見ている。

「あんまり、あくどいことをするなと、善介に言っておけ」

「へい」

ふたりは小さくなった。

「ちとききたいんだが」

吾平は改めてきく。

「二十七、八歳のえらの張った顔の男を知らねえか。大坂から来た男だ。何日か前に、声をかけられたんじゃねえか」

「えらの張った顔っていうと、あの男ですね」

痩せぎすの男が思い出したようだ。

「確かに、声をかけられました。観音(かんのん)の新兵衛(しんべえ)という親方を知らないかときかれました」

「へえ、そうです。ですが、名前は知っているが、居場所は知らねえんで、子分がこの界隈で仕事をしていると教えてやりました。そしたら、礼を言って離れて行きやした」

「それだけで、納得したのか」

吾平は確かめる。

「ええ、そうみたいです」

「それから、その男はどうした？」

「奥山をぶらついてましたぜ」

「ぶらついていた？」

「観音の新兵衛の子分を探していたようです」

小太りの男が答える。

「なるほどな。わかった。もう、いいぜ」

吾平はふたりを解放した。

瘦せぎすの男と小太りの男は裾をつまんで逃げるように去って行った。

「六助が知っていたかもしれねえな」

吾平は舌打ちした。あのとき、六助に確かめれば、すぐにわかったんだ。

「観音の新兵衛を探していたとすると、半助は掏摸かもしれねえ。だから、この人ごみの中に同じ匂いの男を探していたのだろう。六助を探し出せたのかもしれねえ。よし、観音の新兵衛のところへ行ってみよう」

吾平は奥山から随身門を出て、北馬道に出た。

この町の外れに、小体な一軒家がある。観音の新兵衛の家だ。吾平は格子戸を開けて、土間に入る。

「誰かいねえか」

「はい」

女の声がして、女房が出て来た。

「あら、吾平親分じゃありませんか」

「おたきか。相変わらずきれいだな」

新兵衛の女房は今戸の料理屋で女中をしていた。吾平もよく知っていた。五年前に十歳年上の新兵衛の女房になったのだ。

「年々、若返っているようだ」

「親分こそ、相変わらず口がお上手」

「そんなことはねえ。新兵衛はいるか」

「どうぞ」

おたきは上がるように言う。

「よし」

喜蔵といっしょに、吾平は客間に入った。

新兵衛は縁側から庭の池の鯉に餌をやっていた。狭いながらも、池があって、鯉を飼っている。

新兵衛は部屋に入って来た。

「これは、親分」

新兵衛は四十歳ぐらい。渋い顔だちだ。

「おたきも若いが、新兵衛も若いな。幾つになった？」

吾平が感心する。

「親分。あっしは厄年ですぜ」

「四十二か」

「そうです。今年は何ごとも控えめにしてます」

「そうは思えねえな。子分どもがなかなか活躍しているじゃねえか。いつぞやも、どっかの旦那が十両入りの財布を失くしたと青くなっていたぜ」

「さあ。あっしのほうとは関わりがあるかどうか」

「掏られたと気づかせずに奪うなんて、おめえのところの人間にしかできねえ芸当だ。

とくに六助だ」

「…………」

「六助は今はどこだ？」

「さあ、今戸にいると思いますが」

今戸にある大店(おおだな)の別荘だった家を新兵衛が買い取り、今は子分たちを住まわせている。

「親分。用とは半助のことですね」

新兵衛が先回りをして言う。

「そうだ。来たのか」

「へえ。あっしを訪ねて大坂からやって来ました」

「大坂から出て来たわけを話していたか」

「何か見たそうです。向こうにいると、殺されるので逃げてきたと言ってました」

「何を見たんだ？」

「おいおい話すということでした。ですが、その前に殺されてしまった」

新兵衛は顔をしかめた。

「半助も掏摸か」

「へえ。そうです」

「半助はここにまっすぐやって来たのか」

「いえ、奥山で六助に声をかけたってことです」

「同じ匂いがする者を探していて、六助に出会ったというわけか」

「まあ」

新兵衛は苦笑した。

「六助から話を聞きてえ」

「呼びにやりましょう」

新兵衛は女中を呼んで、今戸まで行くように命じた。

女中が出て行ってから、

「半助はどうして、おまえさんの名を知ったんだ？　誰かに教えられてやって来たのか」

「大坂に、天神の甚八(てんじんのじんぱち)っていう掏摸がいます。若いころは一時、ふたりで伊勢の古市(ふるいち)で、いっしょに仕事をした仲です。江戸と大坂に別れてしまいましたが、たまに若い者が行き来していています。半助も甚八からあっしを頼れと言われたようです」

「天神の甚八か」

「へえ。あっしと気が合いましてね。兄弟分ですよ」

「半助は車坂町の惣菜屋の二階に間借りしていたが、いずれ今戸の家に居候させるつもりだったのか」

「そうです。せっかく、あっしを頼って来たってのに、守ってやれねえで悔しいですぜ」

「そうか」

天神の甚八について、問い質していると、格子戸が開いた。すぐに、六助が顔を出した。

「親方、お呼びで」

そう言ったあとで、吾平に気づいて、あっと声を上げた。

「これは吾平親分」

六助はあわてた。

「六助。吾平親分がおめえにききたいことがあるそうだ」

「へい」

六助は廊下に腰を下ろした。

「おめえ、奥山で半助に声をかけられたそうだな」

吾平は六助に顔を向けた。

「へい。新兵衛親方を知らないかといきなりきかれました」

「で、すぐに案内したのか」

「いえ、怪しい野郎だと思いましたが、大坂の天神の甚八親方からの紹介だというので、詳しく話を聞くうちに信用できることがわかって、親方に引き合わせました」

「きのう、おめえは鴻池家の番頭の懐を狙ったな」

「いえ、あれは」

「いい。そのことを咎めるつもりはねえ」

「へえ」

「なぜだ?」

「じつは、半助といっしょのとき、あの男を見掛けたんです。半助は脅え、あっしの背中に隠れてやり過ごしたんです。どうしたんだときいても何も言わなかった。あの男が誰かも言おうとしなかったんでさ。でも、確かに脅えてました」

六助は肩を竦め、

「その翌日です、半助が殺されました。そしたら、きのう偶然、観音様で見掛けたので、正体をつかもうとしてあとをつけたんです」

「懐中のものを奪えば、手掛かりがつかめると思ったんだな」

「はい。でも、失敗しました」

「だが、そのあとで、相手は素性を明かした。鴻池本家の番頭で佐五郎だ。つまり、半助は佐五郎を恐れていたんだな」

「そうです。ですから、佐五郎が半助を殺したんだと思いました」

「佐五郎が自分の手で殺ったとは思えねえ。連れがいたな」

「へえ」

三十過ぎの細面の男だった。あの男が殺ったのかもしれない。

「鴻池と言うと、大坂の豪商ですな」

新兵衛が口をはさんだ。

「知っているだろう」

「伊勢にいるときから噂は耳にしてました。さっき話した天神の甚八が鴻池がいるところなら稼げそうだってんで、大坂に行ったほどです」

「そうか」

「鴻池が江戸に出て来ているんですか」

「そうらしい」

吾平はその後、いくつか訊ねて、新兵衛の家を出た。


雷門前から田原町に行き、『万屋』の前に立った。

「親分、『万屋』に何か」

喜蔵が不審顔できいた。

「これまでの経緯を藤十郎さんに話すんだ」

「親分。どうなっているんですかえ。藤十郎は親分の敵じゃなかったんですかえ」

「ばかやろう。それは昔のことだ」

吾平は、これまで『万屋』のことを嗅ぎまわり、藤十郎のことも調べてきた。

『万屋』はただの質屋ではない。その秘密を暴き、金にしようと考えたのだが、あるとき藤十郎から『万屋』の秘密を打ち明けられた。

『万屋』は困窮した旗本・御家人を救済するために存在するところで、入谷にある本家の『大和屋』は大名を救済するためのものだと。そして、その資金の源は弾左衛門であることまで打ち明けてくれた。

吾平はいろいろ『万屋』を嗅ぎまわり、藤十郎の意に反することばかりしてきた。世間では、蝮の吾平と呼ばれ嫌われている。そんな男に、なぜ、こんな大事な話をするのだときくと、藤十郎は鴻池の野望を話し、力を貸して欲しいと頼んできた。

吾平はその度量の大きさに深く感じ入り、藤十郎のために力を尽くすことを心に決めたのだ。

吾平は暖簾をくぐった。

帳場格子から敏八が立ち上がった。いままでは、瞬時に不快そうな顔をしていたが、今は笑みを浮かべて迎えた。

「親分。いらっしゃい」

「旦那はいるかえ」

「はい」

傍にいた小僧がすぐ奥に向かった。

待つほどのこともなく戻って来て、小僧が敏八に耳打ちをした。

敏八が顔を向け、

「親分さん。どうぞ、お上がりください」

「上がる？」

吾平は耳を疑った。

「いいのか」

「はい。どうぞ」

吾平は普通の町家に上げられたことはほとんどない。毛嫌いされていることを承知しているので、そのことを何とも思わなかった。

その場に喜蔵を残して、吾平は小僧の案内で客間に向かった。

五

藤十郎は客間で吾平を迎えた。

「親分。ちょうど、よいところに来てくれました。私も親分に話すことがあった。さあ、どうぞ」

藤十郎は座るように勧める。

「へえ、では」

吾平は畏まって座ってから、

「あっしも、半助のことで、これまでわかったことをお話ししたいと思いまして」

と、口にした。

「では、親分の話から聞きましょう」

「へい」

吾平は意気込んだように、

「半助は掏摸でした。なんでも大坂で何かがあって命を狙われ、天神の甚八という掏摸の親方の世話で、観音の新兵衛を頼って江戸に出てきたようです」

「…………」

藤十郎は吾平を見つめている。

「奥山で、新兵衛の手下の六助に声をかけて、新兵衛に会うことができたそうです。が、六助とふたりのとき、偶然に、鴻池本家の番頭佐五郎という男を見かけると、半助は脅えていたそうです」

「脅えて？」

鴻池の名が出て驚いたが、佐五郎を見て脅えていたという話に、さらに藤十郎は反応した。

「はい」

六助が佐五郎の懐を狙って失敗した話をし、

「半助殺しは、鴻池に関わりのある人間の仕業ではないでしょうか」

吾平は想像を言った。

「うむ。親分の考えは外れていないでしょう」

藤十郎は自分のほうの話をはじめた。

「半助が質入れした財布は大瀬竹之丞のものだった」

「ほんとうですかえ」

「知久翁さんが大坂への旅立ちのときに懸守といっしょに竹之丞さんに渡したそうです。つまり、大坂で、竹之丞さんは財布を半助に掏られたのでしょう」

「そういうことでしょうね」

吾平は興奮を隠さずに答える。

「で、半助は気づいていなかったようですが、あの財布の底に質札が隠されていました」

「質札ですって？」

「これです」

藤十郎は質札を見せた。

「堂島の『宝来屋』という質屋です」

「質草は文箱ですか」

吾平は質札を見て言う。

「おそらく、蒔絵や螺鈿を施した立派なものでしょうが、竹之丞さんがなぜ質入れをしたのか、そしてなぜ質札を財布に隠していたのか……」

藤十郎は眉根を寄せて、

「期限は六カ月。すでに、期限は過ぎています」

「藤十郎さん。竹之丞さんの自害には鴻池が絡んでいたんじゃないですかえ」

吾平は息を荒らげた。

「そうです。竹之丞さんは新町の遊女と心中しようとし、自分だけ助かった。その後始末をしたのが鴻池の分家です。私は、この心中事件に何か裏があるように思えてならないのです」

「半助は、鴻池の逆鱗に触れるような何かをしてしまったってことでしょうか」

「そうかもしれません。吾平親分。私は数日後に大坂に向かって発ちます」

「大坂にですかえ」

吾平は目を見開いた。

「ええ。今回、鴻池が『大和屋』に挨拶にやってきた返礼として行くことになりました。私はそこで竹之丞さんと新町の遊女のことを調べてみるつもりです。そして、堂島の『宝来屋』にも行ってみます」

藤十郎は覚悟を語って続ける。

「親分は、半助殺しの下手人の探索と同時に、鴻池の動きに目を光らせていてくれませんか。場合によっては、観音の新兵衛の手を借りてでも、鴻池の野望を阻止しなければなりません」

「鴻池は、いってえ何をしようとしているのでしょうか」

吾平は何か無気味なものを感じているように厳しい顔できいた。

「鴻池の武器は財力です。金の力で江戸を支配しようとしているのです。狙いは、金融を営む者でしょう。江戸の金貸しや商人に接触を図り、味方に引き入れる。そこを拠点に豊富な財力を貸し出す。特に、貧苦に喘(あえ)ぐ旗本、御家人を金縛りにしようとするのではないでしょうか」

「…………」

「場合によっては札差業にも手を伸ばそうとしているかもしれません。いや、これは私の考えすぎかもしれません。まだ、具体的な動きをつかんでいないのに、先走ってしまったようです。ただ、念のためにも、今私が口にしたことを頭に入れておいてください」

「ようするに、鴻池は『万屋』や『大和屋』に取って代わろうとしているってわけですね」

「そうです。そうなれば、鴻池の天下。場合によっては、天下を揺るがす大事に発展しかねません」

「わかりました。鴻池がどの程度まで江戸に入り込んでいるのか、調べてみます。お留守はお任せください」

吾平は頼もしく言う。

「ところで、親分に頼みがあるのですが」

藤十郎は話題を変えた。

「へえ、なんなりと仰ってくださいまし」

「さっき話の出た天神の甚八という男に会いたいのです。観音の新兵衛に、住まいをきいてもらいたいのですが」

「お安い御用です。新兵衛と親しい男ですから、きっとお役に立つでしょう。新兵衛に住まいを聞いて、あとでお知らせいたします」

りますす」

「助かります」

藤十郎は頭を下げた。

「いやですぜ、そんな真似(まね)をされちゃ。では、出発までに、また何度かお知らせにあがります」

吾平が引き上げて、藤十郎は自分の部屋に戻り、再び文机に向かった。

書き掛けの文の続きを書く。おつゆに当てたものだ。

藤十郎が鴻池善右衛門の末娘おそのと結婚せざるを得ないということを悟り、おつゆは自ら身を退く形で館林に行ったのだ。

藤十郎は自分の立場を考え、今すぐにおつゆを娶(めと)ることはできないが、いずれ妻に迎えるつもりだった。おつゆもそのことをわかってくれて、じっと耐えて待っていたのだ。

おつゆはどんな思いで館林に向かい、どんな気持ちで日々を過ごしているのかと思うと、胸がはり裂けそうになる。

すぐにでも飛んで行き、おつゆを連れ戻したかった。だが、それはできない。鴻池との本格的な闘いがはじまろうとしている今、藤十郎にはそのような勝手は許されなかった。

危急のときといえど、悲しい思いをさせてすまないとおつゆに詫(わ)び、この度のことが無事片付いた暁には必ず妻にすると書き進めた。

ふと藤十郎は筆を動かす手を止め、しばしおつゆと密かに会っていたときのことに想いを馳(は)せた。

いつも使っている浅草山之宿町(やまのしゆくまち)の大川べりにある料理屋『川藤(かわふじ)』の二階の小部屋で、最後に会ったとき、「抱いてください」と藤十郎に迫ったおつゆの悲しい表情が、今も胸に焼きついている。

必ず迎えに行くので御身を大切にし、間違っても早まった考えは起こさないようにと念を押した。

そこで、また藤十郎は手を止めた。

おつゆは果してこの文を読んで素直に聞き入れるだろうか。藤十郎への切なる思いを胸に秘め、遠く離れて行く。そんな生き方を選ぶような気がしてならない。

「旦那さま」

襖の外で小僧の声がした。

「如月(きさらぎ)さまがいらっしゃいました」

「入るように」

机の上を片付けて、藤十郎は立ち上がった。

如月源太郎(げんたろう)が入って来た。離れに住まわせている浪人だ。質屋ゆえ、どのような不心得者が押し入ってくるかもしれず、用心棒として雇った。

「失礼する」

源太郎は髭面(ひげづら)の顔で言う。昼間から酒を呑んでいるので酒臭く、無精髭を生やし、むさい感じだ。だが、髭を剃(そ)れば、凛々(りり)しい顔つきで、以前は格(かく)ある武士だったのだと、藤十郎は見抜いている。

「藤十郎どの。話があるそうだが」

正座をした藤十郎の前で、源太郎は無遠慮にあぐらをかき、先に口を開いた。

「はい。じつは、私は近々、大坂に旅立つことになっております」

「なに、大坂に？　そうか、わかった。任してもらおう。留守は守る。押込みだろうが、空き巣だろうが、追い払って……」

「そうではありません」

藤十郎は苦笑して言う。

「違う？　はて、困ったな。むだ酒、むだ食いで、毎日無為に過ごして、少々肩身の狭い思いをしてきた。少しでもお役に立てるかと思ったのだが」

「如月どのがいてくれるおかげで、私は安心して外に出ることができます。決して、むだ酒、むだ食いをなさっているとは思っていません」

「いや、それは、言い過ぎだ。俺は何もやっていない」

源太郎は小さくなって言う。

「如月どの。お願いがございます」

藤十郎は改まった。

「何かな」

「大坂についてきていただきたいのです」

「大坂に……」

源太郎は一瞬眉根を寄せたが、

「それは構わぬが……」

当惑した声になった。

「何か、不都合でも？」

「いや、何もない。もちろん、どこへでも行く」

源太郎はあわてて言う。

「よろしいのですか」

「もちろんだ。供をしていけばいいのだな」

「はい。ただし、私のあとを気づかれぬようにつけてきていただきたい。また、私に何か、たとえば、襲撃されたとしてもすぐには飛びださず、見守ってもらいたいのです」

「どういうことだ？」

源太郎は厳しい顔になって、

「そなたの用心棒で行くのではないのか。今の話では、俺がついて行く必要はない」

と、憤然と返した。

「いえ、そうではありません」

藤十郎は鴻池のことから順立てて、大坂に行くわけを話し、その裏にどんな企みが隠されているかわからないと告げた。

「どのような危険が迫ろうが、じっと見ていろと言うのか」

「大坂までの道中で襲撃があったとしても、それが裏鴻池の仕業かどうかわかりません。まず、そのことを見極めたいのです。それから、敵も、如月どのの存在に気づかなければ油断もしましょう」

「それはそうだが……」

源太郎は不服そうに、

「藤十郎どのが襲われているのを黙って見ていろとは……」

と、顎をなでる。

「もちろん、ほんとうに危ないときは助けていただきます。ただ、最後の最後まで堪えてもらいたい」

「そなたにほんとうは助けなどいらぬ。俺の出番はないということだ」

「いえ、大坂では如月どのの力が必要になります。なにしろ、敵地です」

親しく付き合おうとしているのは上辺だけで、鴻池のほんとうの目的は『大和屋』を潰すことだ。藤十郎はそう思っている。

竹之丞の自害は、鴻池の当てが外れたのであり、ほんとうは竹之丞の後援を買って出て江戸進出の一助にしたかったのに違いない。

「わかりました」

それまでのぞんざいな口調から、源太郎はいきなり言葉遣いを改めた。

「どこまでも藤十郎どののあとについて行きまする。して、出立はいつに？」

「鴻池の佐五郎どのには十日後に出発すると伝えましたが、三日後を考えております」

「ずいぶん急ですな。早めたわけは？」

「せっかくですので、お伊勢さんに寄っていこうと思っています」

「伊勢神宮？」

源太郎は意外そうな顔をした。

「はい。大坂での無事を祈願したく」

藤十郎は真顔で言う。

源太郎は何かを察したように眉根を寄せて、

「わかりました。どこへなりとお供をいたします」

と、応じた。


翌日、藤十郎は入谷田圃の外れにある『大和屋』の門をくぐった。

居間に行き、藤右衛門の前に控えた。少し離れて、兄の藤一郎が座った。

「急ですが、明後日の早朝。旅立ちたいと思っています」

「なに、明後日とな。ほんとうに急ではないか」

藤一郎が目を剝いた。

「伊勢神宮に寄って行きます」

「伊勢神宮？」

「はい、伊勢国(いせのくに)を通り……」

「伊勢国か」

藤右衛門の皺だらけの顔の鋭い眼光が光った。

「そうか、伊勢国か」

「はい。鴻池の財力がどの程度、あの城下を変えたのか、この目で確かめてから大坂に入ろうと思っています」

「そうか」

藤右衛門は目を伏せた。

「藤十郎」

　藤右衛門に代わり、藤一郎が言う。

「今度の旅は極めて危険なものになろう」

「はい。覚悟の上にございます」

「鴻池の本心は我らを潰すことにあろう、末娘との結婚も本気ではない。あの女子を嫁として迎えることは鴻池の間者を当家に引き入れることになる。だが、その前に、そなたを大坂で始末しようと企てるやもしれぬ」

「はい。私もそのように思います」

「供の者を増やしてはどうか」

「大坂で殺すにしても、鴻池の仕業とわかるような手は使いますまい。事故か、あるいは自害をしなければならない事態に追い込む……」

「自害をしなければならない事態とは？」

　藤一郎が表情を曇らせてきく。

「罠にはめることでございます。ひと殺しの罪をなすりつけるなど……」

　竹之丞のことからの想像だ。

「そうしたあとで殺す。それなら、自害とみなされましょう」

「うむ」

藤一郎は唸り、藤右衛門は顔をしかめた。

「ただ、そうはいっても、道中は油断なりませぬ。隙あらば、襲ってきましょう。もちろん、鴻池とわからぬように。いずれにしろ、なにがあってもおかしくないと思わねばなりませぬ」

「藤十郎。そなたに苦労をかける」

藤右衛門が頭を下げた。

「いえ。私は当然の任務を遂行するのみ」

「よくぞ、申した」

藤一郎が心配を払いのけるように、語気を強めた。

「留守中の『万屋』のこと、よろしくお願いいたします」

「安心せい。それから、光吉と三太には、そなたの供をするように命じてある。別間に控えさせている」

藤一郎が手を叩くと、女中が顔を出した。

「光吉と三太をこれへ」

「はい」

女中がふたりを呼びに行った。

すぐに光吉と三太がやって来た。ふたりとも二十六歳だ。大柄な光吉は力持ちで、機転もきく。小柄な三太はすばしこい。

「光吉と三太。すまぬが大坂まで供を頼む」

藤十郎はふたりの顔を交互に見る。

「はい。よろこんでお供をいたします」

「物見遊山ではない」

藤一郎がたしなめる。

「はい」

ふたりとも神妙な顔になった。

「光吉は力があり、三太は機敏だ。ふたりとも役に立とう」

藤一郎がすぐに讃えた。

「明後日の早朝に発ちたい。だいじょうぶか」

藤十郎は念を押す。

「はい。いつでも」

ふたりは即座に応じた。

「では、明日の夕方、送別の宴をいたそう」

藤右衛門が目を細めて言う。

それから、藤十郎は今戸の西側に広大な敷地を占める浅草弾左衛門の屋敷に向かった。弾左衛門は関八州(かんはっしゅう)の良民ではないとされた人びとを束ねる頭領であるが、この弾左衛門の存在こそ、神君家康公が徳川幕府の危機を見越して作り上げたものであった。

大名屋敷にも匹敵する規模の弾左衛門屋敷の門を入る。北側奥に弾左衛門の役宅と住まいがある。庭を挟んで隣にあるのが家老職の屋敷、そして組頭(くみがしら)たちの屋敷と続き、手前の塀際にある長屋には猿回しや、放下師(ほうかし)、獅子舞(ししまい)、傀儡師(くぐつし)などの芸人たちが住んでいる。

藤十郎が玄関に立つと、弾左衛門の嫡男小太郎(こたろう)が現われて、弾左衛門の病床に案内した。

「父上。藤十郎さまです」

部屋の前で、小太郎は声をかけて障子を開けた。

病身の弾左衛門が起き上がろうとした。あわてて、小太郎が駆け寄った。

「だいじょうぶだ」

弾左衛門は自分の力で起き上がった。

「藤十郎どの。大坂に行くと聞いたが」

弾左衛門のほうからきいた。

「はい。明後日、出立いたします」

「明後日とな。そうか、いよいよ鴻池との闘いがはじまるのか」

江戸の豪商である札差、材木商、酒問屋などが束になっても鴻池の財力に対抗できない。立ち向かえるのは弾左衛門だけだ。

神君家康公は、弾左衛門たちに革問屋、革細工、灯心作りなどを一手に任せた。死んだ牛馬の皮を剝ぐという仕事を請け負わせた。武士が必要とする武具や馬具などを製造、販売し、富を独占させた。

その代わり、良民との間に一線を引いた。富を与える代わりに、身分を最下層に置いたのだ。そして、弾左衛門の得た富は、『大和屋』を通して幕臣へと流れて行く。

将来を見越してとった家康の手立ては功を奏し、困窮に追い込まれた幕臣の救済に役立ったが、さしもの家康も鴻池の台頭には思い至らなかった。

「三月か半年か、わかりませんが、また帰り次第、参上いたします」

「それまで、わしの身が持つか」

「何を仰いますか。御前にはまだまだ目を光らせていただかなければなりません。特に今は、鴻池とのことで大事なときでございます。御前のお力が必要にございます」

「わかった。わしも力を振り絞って生き長らえよう。そなたも、必ず江戸に戻って来るのだ。よいな」

「はっ」

藤十郎はその後、しばし弾左衛門と語らって下がった。

屋敷を出たとき、西の空が茜色（あかねいろ）に染まっていた。それが、藤十郎には血の色に見えた。大坂で待ち受ける困難に立ち向かう悲壮な覚悟が、藤十郎を奮い立たせた。

第二章　旅立ち

一

翌日の昼前、吾平が東本願寺の門までやって来たとき、

「親分」

と、後ろから追って来る声があった。

振り返ると、六助が走って来る。

「どうしたんだ？」

六助が近づくのを待って、吾平はきいた。

「見つかりました。あの晩、半助らしき男を見ていた人間」

「ほんとうか」

喜蔵が不思議そうに、

「どうやって、見つけたんだ？」

「半助を見ていた人間がいないかって探していたんです。夜の遅い時間にこの前を通るのは呑み屋からの帰りに違いないって見当をつけて、近辺の呑み屋の客にきいてまわり

ました」

「なんでえ、そこまで」

「半助を殺（や）った人間が許せないんですよ。仇（かたき）をとってやりたくて」

「そうか。で、半助らしき男を見たってのは誰だ？」

六助の執念に感心して、吾平が訊ねる。

「左官屋の長介（ちょうすけ）です」

「長介から話を聞いたのか」

「聞きました。長介が見たのは半助に間違いありません。連れの男も見ていました」

「誰だ？」

「それが、鴻池の番頭じゃありませんでした」

「鴻池の番頭じゃなかったのか」

「へえ。でも、親分に聞いてもらったほうがいいと思いまして」

「よし。案内しろ」

「へえ。こっちです」

六助は来た道を戻り、稲荷町（いなりちょう）に向かった。その町外れに、普請中の家があり、壁を塗っている左官屋がいた。

「あの男が長介です」

六助が教えたあと、

「長介さん」

と、梯子の下まで行って見上げて、声をかけた。

「おう、もう少し待ってくんな」

上から長介が答える。

「よし」

声を上げ、器用な足取りで梯子を下りて来た。

「長介さん。吾平親分だ」

「これはどうも」

背のひょろ長い長介が体を屈めた。

「東本願寺で見た男のことを話してくれ」

吾平はいきなり言った。

「へえ、あっしがこの近くの居酒屋で呑んで三間町の長屋まで帰る途中、東本願寺の前でふたり連れの男とすれ違いました。ひとりがいやがっている男を無理やりに連れて行っているようなので気になって振り返りました。ふたりは東本願寺のほうに行きました」

「いやがっていたのはどんな感じの男だ？」

「へえ、えらの張った顔でした。二十六、七でしょうか」

「半助に間違いないようだ。で、もうひとりの男は？」

「三十過ぎの細面で、険しい顔をした男でした」

「三十過ぎの男？」

　鴻池の番頭佐五郎の供の男もそんな感じだったと思いだす。

「東本願寺境内で、男の死体が発見されたんだ。死んでいたのは、えらの張った顔の男だ。なぜ、すぐに届けなかったんだ？」

「そんなことがあったなんて知らなかったんです。今日までに、仕上げなくちゃならなかったんで」

　長介は小さくなって答える。

「まあ、いい。わかった。ごくろうだった」

「へい」

　長介は仕事に戻った。

　歩きはじめたとき、

「親分。鴻池じゃねえんで？」

　六助は納得いかない顔つきだ。

「鴻池だ。おめえ、番頭佐五郎の連れの男を見ていなかったか」

「連れの男ですかえ。いえ、あの番頭のことばかり、頭にあって……。あっ、そういえば、連れの男、細面で険しい顔をしてやした」

「そうだ。長介が見たのはその男かもしれねえ」

「じゃあ、その男が……」

六助は憤然と言う。

新堀川までやって来た。

「半助は佐五郎を見て脅えていたと言ったな」

吾平は足を止めて、六助にきく。

「へい。だから、見つからないように顔を隠していました」

「隠れたつもりでいたのに、じつは気づかれていたのだろう。その男に半助はあとをつけられたのだ」

「なんてことだ。それを知っていたら、もっと注意したのに」

六助は地団太を踏んだ。

「仕方ねえ。だが、これで、鴻池の人間が絡んでいることが明らかになった。よし、佐五郎と連れを探すんだ。日本橋辺りの上客相手の旅籠(はたご)を探るんだ」

「へい」

下手人の目星がついて、喜蔵も張り切った。

「親分。あっしも手伝わせてくだせえ」

　六助が訴える。

「なぜ、そんなに力(りき)を入れるんだ?」

「だって、わざわざ大坂から親方を頼って来たんですぜ。それも、あっしに声をかけてきた。あっしが親方に取りもってやったんですぜ。それなのに守ってやれなかった。そのことが……」

「そうか。わかった、ついてきな」

「へい」

　六助は声を弾ませた。


　通旅籠町(とおりはたごちょう)、大伝馬町(おおでんまちょう)の旅籠を訪ね、最後に須田町(すだちょう)の旅籠『増田屋(ますだや)』を訪ねた。そして、手掛かりをつかんだ。

「大坂からきた鴻池佐五郎さまには一番いい部屋に、長期滞在していただきました」

　旅籠の恰幅のいい亭主は答えた。

「連れの者もいっしょか」

　吾平はきく。

「はい。もう一つのいい部屋をお嬢様がお使いになり、あとの奉公人の方はそれぞれ部屋に振り分けてお泊まりいただきました」

「お嬢様？　娘も来ていたのか」

「はい。それはそれは美しいお方でした」

「で、今は？」

「もう、お帰りになられました」

「帰った？　大坂にか」

「はい」

「いつだ？」

「一昨日の朝、出立なさいました」

「娘もいっしょか」

「はい。お嬢様とおつきの女中さんがふたり」

「すると一行は何人だ？」

「十人でございました」

　女連れの十人だとしたら、一日の行程はそれほどでもないだろう。男の足なら一日で行ける戸塚宿が今夜の泊まりか。だが、追いかけて行くことはできない。半助を殺したのが佐五郎の連れの男だという証（あかし）はないのだ。

「佐五郎は毎日何をしていた？」

「はい。毎日、どこぞにお出かけでした。ときには、お侍さんや大店のご主人らしいお方がここに訪ねて来ていました」

「三十過ぎの細面で険しい顔をした男がいたな。佐五郎によくくっついていた男だ」

「はい。吉弥さまですね」

「吉弥というのか。この男が夜遅く、ひとりで帰って来たことがあったか」

「ああ、ございました。いつもは、佐五郎さまといっしょなのに、ひとりだけ遅く帰ってきたことがありました」

「何時ごろだ？」

「四つ（午後十時）をまわっていたと思います」

「そのときの様子は？」

「ふだんと変わりなかったと思いますが」

「他に、その連中のことで何か気づいたことはなかったか」

「いえ、特には……。ただ」

「ただ、なんだ？」

「はい。必ず夜は、佐五郎さまの部屋に皆さんが集まって、何やらお話しになっていたようです。一度、私がお酒を持ってご挨拶に行ったことがありますが、何か張りつめたような異様な雰囲気でした」

藤十郎が言うように、『大和屋』を探り、江戸進出の手筈を整える下調べのためにやってきたのだ。毎晩、その日の成果を確かめ合っていたのだろう。

「ここに顔を出したひとたちの名前はわかるか」

「いえ」

一瞬の間があった。

「私どもは、お客さまのことは詮索しないことにしていますので」

「しかし、訪問する者は名を言うのではないか」

「いえ、どなたも名乗らずに、佐五郎さまに会いたいと言うだけでして」

亭主は目を泳がせながら答える。

口止めされていると、吾平は思った。かなり、儲けさせてもらったのだから、佐五郎の肩を持つのだろう。

「わかった。また、何かあったらききに来る」

「はい」

旅籠の土間を出てから、

「親分。吉弥って男に間違いねえ」

六助が鼻息荒く言う。

「うむ。だが、証がねえ」

「追わねえんですか」

「追っても無駄だ。とぼけられて、おしまいだ」

「そんな」

六助は目が血走っている。

「まさか、追いかけようなんて、ばかなことを考えているんじゃないだろうな」

「………」

六助の顔が紅潮してきた。

「おめえが敵う相手じゃねえことは、奥山の一件で、おめえが一番わかっているはずだ」

「半助を殺った連中が江戸を離れちまう。二度と、江戸に戻ってこねえかもしれねえ。このまま、手をこまねいているのに耐えられねえ。敵わなくとも、恨みを……」

「いいか。おめえが追いかけても、どうせ箱根の山中におめえの亡骸が晒されるだけだ」

「それでもいい。このまま、何もしないよりは……」

吾平は痛ましげに見て、

「六助。そんなに半助の仇を討ちたいのか」

「討ちてえ。ほんの僅かな付き合いだったけど、気が合った。これから仲良くやろうと、誓い合った。半助を守ってやれなかったことが悔しいんだ」

　吾平は八辻ヶ原に出てから、言った。

「六助。半助がなぜ、殺されなければならなかったのか、そのわけを知りたくないか」

「それは知りてえ」

「このまま突っ走っても、知ることはできねえぜ。半助の仇を討つってことは、殺されなければならなかったわけを知り、その上で相手をやるんだ。確かに、半助を殺ったのは吉弥って男かもしれねえ。だが、吉弥はおそらく誰かの命令に従ったのだ。その命じた奴をやらない限り、仇を討ったことにはならねえ」

「…………」

　六助は口をつぐんだ。

「そのわけは大坂にある。おめえひとりじゃ無理だ」

「じゃあ、このまま泣き寝入りしろって言うんですかえ。吉弥をとっつかまえて口を割らせれば、誰が何のためにやったかわかるじゃありませんかえ」

「あの男が口を割るとは思えねえ。その前に、あの男を捕まえること自体、難しい」

「やってみなきゃわからねえ」

　六助は依怙地になっている。

「じゃあ、大坂に行くか」

「大坂に？」

「大坂に行かなきゃ、半助が殺された理由はわからねえ」

悩んだように俯(うつむ)けていた顔を上げ、

「行く。大坂に行く」

と、六助は昂(たかぶ)って言う。

「おめえ、本気か」

喜蔵が呆(あき)れたように、

「右も左もわからねえ大坂に行って、どうやって半助のことを調べるんだ」

「行けばなんとか……」

六助の声は気弱そうに小さくなった。

ふと、吾平は藤十郎のことを思い出した。半助殺しも鴻池が絡んでいる。狙(ねら)いはいっしょだ。

天神の甚八の件もあり、案外と六助は、藤十郎の役に立つかもしれない。

「六助」

吾平は改まって声をかける。

「へい」

「本当に大坂に行く気はあるか」

「あります。大坂に行くぐれえな蓄えはある。親方が、足を洗ったときのために蓄えてくれている。それを出してもらえれば」

六助は自分を奮い立たせるように言う。

「よし。これから、新兵衛のところに行こう。新兵衛の許しが出たら、おめえを大坂にやってやろう」

「ほんとうですか、親分」

六助は目を輝かせた。

「親分。いいんですかえ、そんな約束して」

喜蔵が心配する。

「ああ、だいじょうぶだ。それより、おめえはさっきの『増田屋』の周辺を探り、どんな人間が『増田屋』に入って行ったか聞き込んでくれ。中には、江戸に潜り込んでいる裏鴻池もいるかもしれねえからな」

「わかりやした。じゃあ、あっしはさっそく」

喜蔵は『増田屋』のほうに戻り、吾平は六助とともに北馬道の新兵衛の家に向かった。

二

藤十郎は旅の支度を整え、これから別れの宴のために、『大和屋』に出向こうとしていた。

少なくとも一カ月間、場合によっては三カ月以上も留守にするかもしれないので、敏八はじめ小僧、女中たちにも留守中の指示をした。

用心棒の如月源太郎もいっしょに江戸を離れるので、『大和屋』から誰かが様子を見に来てくれることになっている。

「旦那さま。吾平親分がいらっしゃいました」

小僧が知らせにきた。

「客間に」

藤十郎は命じた。

客間で待っていると、吾平が若い男を連れて入ってきた。中肉中背の色白で目鼻だちの整った顔だ。

「旅立ち前のお忙しいところを申し訳ありません」

吾平が詫びる。

「なんの、構いませんよ」

藤十郎は応じる。

「この者が、半助が声をかけた掏摸(すり)の六助です」

「六助でございます。どうか、私をいっしょに大坂に連れて行ってください」

六助がいきなり口を開いた。

「おいおい、急くな。話には順がある」

吾平がたしなめる。

「へい。すみません」

六助は素直に頭を下げた。

藤十郎はなんとなく事情が読めてきた。

「殺された半助といっしょに歩いていた男を左官屋が見ていました。その男の特徴が、鴻池の番頭佐五郎の供をしていた吉弥に似ていました。ですが、佐五郎と吉弥は一昨日、江戸を離れました」

吾平は経緯を語った。

「六助は半助の仇を討ちたいと申しています。ですが、その前になぜ半助が殺されたか探らなきゃだめだと諭しました。藤十郎さまのことを話して聞かせてあります。何かとお役に立つんじゃないかと勝手に考えました。どうか、供に加えてやっていただけないでしょうか」

「事情はわかりました。六助さん」

藤十郎は六助に顔を向ける。

「じつは、我らの大坂行きは危険な旅になると覚悟をしています。命を捨てるようなことも十分に頭に入れておかねばなりません」

「覚悟はできています」

六助は身を乗り出した。

「あなたにご家族は？」

「おりません。捨て子だったのを新兵衛親方に拾われました。ですから、死んで悲しむのは親方だけです」

「新兵衛も承知しました」

吾平が口を添える。

「わかりました。心強い。路銀はこちらで用意します。明日の早朝の出立です。よろしいですか」

「はい」

六助は心を弾ませた。

「吾平親分。お心遣い、痛み入る」

藤十郎は頭を下げた。

「とんでもない。よけいな真似をしたんじゃねえかと心配でしたが、ほっとしました。新兵衛は、天神の甚八への手紙を六助に持たせるそうです」

「そうですか。なにからなにまで」

「どうぞ、お気をつけて」

吾平は六助と共に引き上げた。

藤十郎は『大和屋』の座敷で、藤右衛門と藤一郎、そして番頭の綱次郎と酒を酌み交わした。

光吉と三太も藤十郎と並んだ。

藤右衛門が、

「必ず、江戸に戻ってくるのだ。したがって、水盃（みずさかずき）は交わさぬ」

と言い、みなに酒が振る舞われた。

「わしは大坂には行ったことはないが、やはり賑やかなところであろうな」

藤一郎が笑みを浮かべて言う。あえて、暗い話を避けるように。

「商人の町と申します。その活気は江戸の比ではないかもしれません」

藤十郎は答える。

「まあ、この際だ。大坂の商売のやり方を学ぶのもよいことだ。また、向こうの女子（おなご）も楽しみではないか」

「さあ、私にはそのような機会はないと思いますが」

「そうよな。善右衛門の娘がいるか」

藤一郎は苦笑して、

「ともかく、藤十郎。気をつけてな」

真顔になって言い添えた。

「はい」

「光吉と三太も頼んだぞ」

「畏まりました」

ふたり同時に答えた。

「何かあれば、早飛脚(はやびきゃく)で知らせてもらおう」

「そういたします。しかし、留守中のことも気になります。すでに、江戸には裏鴻池の仲間が住み着いていると思われます。どうか、その点にお気をつけて」

藤十郎は用心を伝えた。

「わかった」

その後も和やかに酒宴を続けたが、やはり心のどこかに憂いがあるからか、ふとしたときに息苦しい沈黙が流れる。

夕方になって酒宴を切り上げ、藤十郎は別れを告げ、座を立った。

いっしょに廊下に出た光吉と三太に、

「すまぬ。夜、『万屋』に顔を出してもらいたい」

　と申し付け、藤十郎は『大和屋』をあとにした。


　その夜、藤十郎は離れに行き、如月源太郎と会った。

　相変わらず不精髭を生やし、むさ苦しい印象だが、目は澄んでいる。髭を剃れば、まったく別人に変貌するだろう。

「どうしました、今夜は呑んでいないようですね」

　藤十郎は酒の匂いがしないのできいた。

「旅立ちの前は呑まないことにしている。呑んで、朝起きられぬという不覚をとってはならぬのでな」

「如月どのに限って、そのようなことはありますまい」

「いや。俺は酒には卑しいので、呑みすぎてしまう。自重するに越したことはない」

「そうですか」

　藤十郎は微苦笑を浮かべ、

「妙なことをお訊ねしますが」

　と、前置きしてきいた。

「如月どのは西国の藩とお聞きした覚えがあります。ひょっとして、大坂から近いのではありますまいか」

「なぜ、そう思うのだ？」

　少しあわてたように、源太郎がきき返す。

「大坂に行って欲しいとお願いしたとき、一瞬表情が翳りました。如月どのには珍しいこと。大坂の近くに生国がおありなのではと思いましてね」

　源太郎はどういう事情で浪人になったのか語ろうとしなかった。辛い何かがあるのに違いない。

「いや、ずっと離れておる。気にするな」

「もし、何か差し障りがあるのであれば……」

「そんなものはない。俺は天下晴れての浪人だ。どこに行こうと勝手気まま」

「でも、大坂にはいたことがおありなのでは？」

「うむ。しばらく滞在したことはある。だから、俺が行けば、役に立つ」

「ほんとうによろしいのですね」

「当たり前だ」

「安心いたしました」

　藤十郎はほっとしたように、

「じつは掏摸の六助と申すものが供をいたします」

「掏摸の六助？」

　藤十郎は事情を話し、

「この六助に、我らと如月どのの取り次ぎをしてもらいます。ときたま、六助を如月どのの近くにやりますので、何かあったらこの男に言伝てを」

「わかった」

「では、明日の朝」

「うむ」

　源太郎は厳しい顔で頷いた。


　藤十郎が母家に戻ると、光吉と三太が待っていた。

「呼び出してすまなかった」

「いえ。我ら、藤十郎さまのお供ができることを名誉に思っております」

　光吉が応じる。

「よく言ってくれた。礼を申す」

　藤十郎は表情を引き締め、

「すでに申したように、今度の旅は危険を伴うものだ。何が待ち受けているか、想像もつかない。我らは鴻池の手のひらで踊らされている」

末娘のおそのまで連れてきて、逃れられぬように布石を打った。『大和屋』に、独り身の藤十郎がいることを調べた上で仕掛けてきたのだ。すべて、鴻池の主導のまま、ことが進んでいる。

「ふたりとも危険を覚悟の上です」

光吉と三太は顔を見合わせて頷いた。

「うむ。そのほうらの覚悟、しっかと心得た。その上で、これから言うことをよく聞いてもらいたい」

「はい」

「ふたりのうち、大坂に行くのはひとりだ。あとのひとりは館林に行ってもらいたい」

「館林ですか」

「そうだ。館林に、おつゆが密命を帯びて行っている。おつゆに文を届けてもらいたい」

「ふたりのうちどちらが？」

光吉は身を乗り出した。

「どちらでもいいが、私は光吉に行ってもらいたい」

「なぜ、ですか」

光吉は異を唱える。

「私は藤十郎さまとともに大坂に行きとうございます。ぜひ、館林には三太を」

「いえ、私が大坂に参ります」

三太が譲らない。

「館林のほうは、私にとってはある意味、大坂以上に大事なものなのだ。光吉に頼む。館林に行ってくれ」

「いやです」

光吉はむきになって、

「私は藤十郎さまといっしょにいます。たとえ、危険が迫ろうとも、私が藤十郎さまの楯（たて）となります」

「いえ、それは私のほうがふさわしいかと存じます。私には身内はいません。光吉はおやじどのもおふくろどのもおいでです」

「いや、その点は憂いはない。親とは、水盃を交わしてきた。死ぬことは、父も母も……。あっ、藤十郎さま。私を館林にやるのは、父と母がいるからでは？」

光吉は目を剝いた。

「それだけではない。そなたなら、おつゆを守ってくれる。信頼に足りる人間だからだ。力があり、沈着冷静なそなたのほうがふさわしいと思ってのこと」

「…………」

光吉は俯いたままだ。

否定したものの、光吉のふた親の存在が大きい。泣く人間がいる者を、大坂に連れて行くのは忍びなかった。

「光吉。もしかしたら、裏鴻池がおつゆを襲うかもしれぬ。末娘との縁談をまとめるために邪魔な者を排除しかねぬのだ」

光吉ははっとして顔を上げた。

「おつゆは我が妻になる身。どうか、守ってやってくれぬか」

光吉の顔が紅潮してきた。

「しかし、表立っておつゆには近づけぬ。見知らぬ館林にて密かに生きねばならぬだろう。しばらくの間、極めて厳しい環境に身を置くことになる。その上で、おつゆを守るという過酷な仕事だ。そなたにしかできぬのだ」

「よく、わかりました。館林に参ります」

光吉は力強い声で受けた。

「すまない、この通りだ」

藤十郎は頭を下げた。

「おやめください。必ず、おつゆさまをお守りいたします。三太」

光吉は三太に顔を向け、

「藤十郎さまを頼んだぞ。いざというときにはそなたの身を……」

「わかっている。おまえのぶんまで存分に働いてみせる」

三太も悲壮な覚悟で応じた。

「ふたりとも頼みにしている」

「はっ」

「光吉、館林のことは、『大和屋』にも内緒にしたい。鴻池を欺くために、おつゆに会ったあとも、影のように守るのだ。あくまでも、そなたは大坂に行ったように装う。したがって、明日は途中までいっしょに出立だ」

今後のことを打ち合わせし、藤十郎はふたりを帰した。

明日の出立を前に、藤十郎はやり残したことがないかを考えた。もはや、打つべき手は打った。

いよいよ、敵地に乗り込むという思いに、藤十郎は興奮と共に、微(かす)かな身震いを抑えきれなかった。


翌朝、藤十郎は暗いうちに目を覚ました。早暁にはまだ間(ま)がある。藤十郎は庭に出て、褌(ふんどし)姿になって井戸で水をかぶり、身を清めた。

東の空がしらみ出したころ、旅装の光吉と三太がやって来た。

「光吉。ここに手紙が入っている」

藤十郎は桐油紙で包んだおつゆ宛の手紙を託した。

「必ず」

光吉は手紙を懐に仕舞った。

掏摸の六助もやってきて、離れに全員が集まった。

それぞれを引き合わせたあと、

「光吉には館林に行ってもらうが、あとはみな大坂に向かう。その前に、伊勢神宮に参拝するが、実際は伊勢国の内情を探る。鴻池がどの程度、入り込んでいるのかを知りたい」

藤十郎は一同の顔を順に眺め、

「道中、敵はどんな手を使ってくるやも知れぬ。くれぐれも油断なきように」

と、注意を促してから立ち上がった。

「では、出立だ。まず、先に六助がこっそり発て。打ち合わせ通り、筋違橋の袂で待て。そして、光吉が我らから離れてから加わるように。如月どの、頼みましたぞ」

「よし」

源太郎は力強く頷く。

藤十郎は着物の裾を端折り、股引、脚絆に草鞋履き。半合羽に道中差しで、菅笠を手にしている。手拭い、矢立、扇、薬、蠟燭(ろうそく)に付け木などを手行李(てごうり)ふたつに仕舞い、振り分けにして肩に担いだ。

　光吉と三太も同じような格好だ。

「では、あとを頼んだ」

　見送りに出てきた敏八や小僧、女中らに言い、藤十郎は光吉と三太を伴い、田原町にある『万屋』を出立した。

　一行は稲荷町から御徒町(おかちまち)を抜け、神田川にかかる和泉橋の手前を右に折れた。町には朝の早い棒手振(ぼてふ)りが歩き回っている。

　空がだんだん明るくなってきた。筋違橋の袂で、藤十郎は足を止めた。

「では、光吉。ここで別れよう。気をつけてな」

「はい。藤十郎さまも」

光吉は目尻を濡らし、

「おつゆさまのことは必ずお守りいたします」

「うむ。では」

去りがたい思いを振り切って、中山道(なかせんどう)を行く光吉と別れ、藤十郎は筋違橋を渡った。

南詰めの袂で、六助が合流した。

日本橋を渡ったところで、吾平と喜蔵が待っていた。

「わざわざ来てくれたのですか」

藤十郎は吾平の前に立った。

「道中のご無事をお祈りいたしております」

「留守を頼みました」

「へい。六助、お役に立てるようにな」

「親分。安心してくれ」

藤十郎は三太と六助を供に、大坂に向かって東海道を出発した。

三

吾平は藤十郎の一行を見送ってから、須田町の旅籠屋『増田屋』の前にやって来た。

『増田屋』は戸が開き、旅立ちの客が出発し、女中が見送っている。客は、富裕な百姓という感じだった。

『増田屋』の斜向い(はすむか)に、鼻緒屋がある。

「あそこの主人はいつも外を眺めているそうです。『増田屋』に入って行く人間も見ていました」

鴻池の番頭佐五郎が滞在中に、どんな人間が『増田屋』に入って行ったかを探ろうとして、喜蔵は鼻緒屋の主人に気づいたのだという。

　まだ、朝が早いので雨戸は閉まっている。

「出直そう」

　吾平は言いながら、鼻緒屋の前を行きすぎようとしたとき、潜り戸から誰かが出てきた。

　小僧だ。箒(ほうき)を持って、店の前を掃除しはじめた。

「もう、主人は起きてそうだな」

　吾平は呟き、小僧に近づいていった。

「すまねえな。主人はいるか。いたら、呼んでもらいてえ」

「へえ」

　小僧は目を丸くして、蝮、と呟いて奥に引っ込んだ。蝮の吾平の悪名は、あんな小僧の耳にも入っているのだと、吾平は自嘲した。

　鼻緒屋の前から改めて『増田屋』を見る。出入りする人間の顔はよくわかる。この時間にはまだ店を開いていないので、主人は泊まり客の出入りは見てないだろうが、日中に『増田屋』を訪ねる客は目にしているはずだ。

　小僧が潜り戸から出てきて、

「どうぞ、こちらに」

と入るように勧めた。

「よし」

吾平は小僧のあとに従って、潜り戸から狭い土間に入った。それほど大きな店ではない。ここからでも、十分に『増田屋』を見ることができる。

「これは親分さん」

揉み手するような格好で、年配の男が出てきた。

「すまねえな、ご主人。親分が直に話を聞きたいそうだ」

喜蔵が口を入れる。

「はい。向かいの『増田屋』さんに出入りするひとのことでございますね」

主人は目をしょぼつかせて言う。

「このひと月ばかりの間に、誰か知っている人間が出入りをしなかったかえ」

「へえ。こちらさんにもお話ししましたが、日本橋本石町にある小間物屋の『風花堂』さんを見掛けたことがございます」

「『風花堂』は何度か見掛けたのか」

「はい。三度」

「そんなにか。他に何度か見掛けた者はいるか」

「はい、おります。でも、名前は存じあげません。中肉中背の四十過ぎのお方でした」

「他には?」

「お武家さまも一度、入って行くのを見ました」

「どこの誰かはわからねえな」

「はい。あっ、そうそう、もうひとり思い出しました。米沢町にある質屋の『福富屋』さんのご主人です」

「質屋……」

質屋といえば、『万屋』もだが……。

「『福富屋』は何度か出入りを?」

「私が見たのは一度だけです」

鼻緒屋をあとにして、

「なぜ、鴻池は『風花堂』に目をつけたんでしょうか。高級な品物を扱っていると言っても小間物屋ですぜ」

喜蔵が不審顔で言う。

「いや、金貸しもしているという噂をどこかで聞いたことがある。何かの聞き込みのときに、そんな話が耳に入った」

吾平は思いだして言う。

「質屋の『福富屋』もそうだが、鴻池は金貸しに触手を伸ばしているようだ」

藤十郎の考えが間違っていないことが裏付けられたようだ。

「どうしますね。『風花堂』に行ってみますか」

「『風花堂』が三度も訪れたとなると、鴻池の虜になったかもしれねえ。それより、『福富屋』だ」

一度だけというのは、鴻池に籠絡されていないからではないか。吾平はそう思って、『福富屋』に行ってみることにした。

米沢町の質屋『福富屋』は黒い板塀に囲まれ、門のあるたいそうな構えの質屋だ。門を入ると、戸口に紺色の暖簾がかかっていて、ようやく質屋だとわかる。

吾平は戸を開けて中に入った。帳場格子の前に座っていた男が吾平の顔を見て立ち上がってきた。

盗品などの調べで、何度かここにやって来たことがある。

「吾平親分。きょうは何か」

主人が上がり框まで出て来た。

「盗品の探索じゃねえんだ。つかぬことをきくが、須田町にある『増田屋』って旅籠に行ったことはないか」

「『増田屋』なら行ったことがございます」

「何しに行ったんだ？」

「はい。あそこに逗留(とうりゅう)している鴻池の番頭さんにお会いしに行きました」

「番頭の佐五郎だな。どんな用で？」

「はあ」

　福富屋は当惑したように眉根を寄せ、

「じつは、佐五郎さんから鴻池が金を用意するので、大口の金貸しをやらないかと言われました」

「大口の金貸し？」

「大身の旗本を相手にということでございます」

　うむと、吾平は唸った。

『万屋』、あるいは『大和屋』がやっていることをそのまま『福富屋』にやらせようとしているのか。

「で、どうしたんだ、受けたのか」

「とんでもない。そこまでする気はありません。それに、金を出してもらったら、いつか店を鴻池に乗っ取られかねません。ですから、お断りに行ったのでございます」

「そうか」

　吾平は頷いて、

「鴻池は何をしようとしているんだろうな」

「江戸での商売でしょう。でも、今からの進出は難しいので、今商売しているところの乗っ取りを図ろうとしているんではないでしょうか。豊富な元手を惜しげもなく使って」

　福富屋は顔をしかめた。

「日本橋本石町にある小間物屋の『風花堂』も出入りをしているふうだったが？」

「風花堂さんは、取り込まれたのではないですか。大名貸しもできるようになると言われ、その気になったんじゃないでしょうか」

「そんなに簡単に取り込まれるのか」

「鴻池の武器は金と女ですからね」

「金と女？」

「最近、風花堂さんは妾を囲うようになりました。おそらく、鴻池の財力が働いているんじゃないでしょうか」

「そうか。鴻池は目的のためなら手段を選ばねえか」

「ええ、『風花堂』さんは今は調子に乗っていますが、あとで必ず、泣くような目に遭いますよ」

「他に、取り込まれた者はいるか」

「ほうぼうに接触を図っているみたいですが、私が知っているのはあとひとり」

「誰だえ」

「札差の『大文字屋』さんです」

「札差……」

藤十郎が懸念していたことがすでに行なわれていたことに、吾平は愕然とした。

蔵米取の旗本・御家人は俸禄米を米問屋に売却して金に換えるが、その代行をするのが札差だ。

だが、俸禄米ぶんの換金だけでは暮らしがなり行かず、さらにその先々の俸禄米まで担保にして札差から金を借りている。借金の額は膨れ上がる一方だった。こうなると、それ以上は札差も金を貸さなくなる。

そのために、高利貸しから借金をし、にっちもさっちもいかなくなり、自棄になって自滅していく旗本・御家人も少なくない。

このような直参を助けるために、『万屋』と『大和屋』が存在するのだと藤十郎から聞いた。

その札差業に、鴻池が乗り出そうとしている。札差業は株仲間があり、新規に参入するには厳しい条件をつけ、よそ者は入り込めないようになっている。だから、『大文字屋』を利用しようとしているのだ。

「『大文字屋』はどうなのだ?」

「じつは、『大文字屋』さんは内情はあまりよくないと聞いています」

「よくない？」

「はい。だいぶ、遊びが派手でしたから」

「それで、傾いたのか」

「はい。そこに、鴻池の甘い餌がまかれたってわけです」

「『大文字屋』に金を投入して、どうしようというのだ。札旦那の数は限られているのではないか」

　札旦那とは札差が取引をしている旗本・御家人のことだ。

「蔵宿を替えさせるということでしょう」

　蔵宿とは、俸禄米の売買を依頼している札差のことだ。

「お侍のほうは、簡単に札差を替えることができるのか」

「借金を清算しなきゃなりませんが、『大文字屋』が手をまわせばできましょう。お侍さまのほうは借金を棒引きすると言われれば、蔵宿を替えましょう」

「なるほど」

　吾平は頷き、

「それにしても、おまえさんはどうして、そこまでわかるんだね」

と、きいた。

「はい。種明かしをしますと、私は株仲間惣頭分の伊勢屋さんから話を聞きました。私が鴻池から甘い誘いがあると話すと、じつは鴻池は『大文字屋』に触手を伸ばしていると憤慨していたのです」

「なるほど。そういうわけか」

鴻池が着々と手を打っていることを知った。

「で、伊勢屋はどう対抗しようとしているのだ？」

「株仲間の寄合で、新しい決まりを設けて、鴻池の進出を排除しようとするはずです。今、どのような決まりが必要か考えているようです」

「よく、わかった。伊勢屋に会ってみよう。邪魔をした」

吾平は『福富屋』を辞去した。

四半刻（三十分）後、吾平は御蔵前片町にある札差『伊勢屋』の土間の隅で、主人と会った。白髪の目立つ五十過ぎの男だ。

「今、『福富屋』の主人から聞いて来たのだが、鴻池が札差の『大文字屋』に触手を伸ばしているそうだな」

吾平は切り出した。

「はい。突然のことに驚きました。まさか、鴻池が財力を背景にあちこちで味方を作っているとは思いもしませんでした」

「伊勢屋さんのところには来なかったのかえ」

「最初は来ました」

「来たんですかえ。それは何のために？」

「札差業に加わりたいので、惣頭分の私に口利きを願えないかというものでした」

「口利き？」

「はい。謝礼は千両」

「せ、千両だって」

吾平は目を丸くした。

「もちろん、お断りをいたしました。札差業に参入できるのは、仲間内の兄弟か子ども、あるいは長年札差の家に奉公していた者などで、それ以外は許されないと申し伝えました。すると、鴻池は『大文字屋』さんを利用することを考えたようです」

「なるほど」

「『大文字屋』さんも内情が芳しくないこともあり、またもともと、店を大きくしていつかは惣頭分になりたいという野心もあり、甘い誘いに心が動かされたのでしょう」

伊勢屋は侮蔑するように口許を歪めた。

「株仲間があれば、鴻池が札差業に参入することを阻むことはできるのだな」

「それが……」

　伊勢屋は表情を曇らせる。

「何か」

「鴻池は他の惣頭分の札差にも声をかけているのです」

「なんだと」

　吾平は目を剝いた。

「その札差が籠絡されたら、鴻池の参入を阻む取り決めが、株仲間の寄合で反対されるかもしれません」

　伊勢屋は難しい顔をした。

「でも、まだ、だいじょうぶです。ただ、鴻池は金の力で迫って来ます。目の前の金に目が眩む者がいないとも限らず、予断を許しません」

「そうか。ところで、鴻池の江戸店がどこにあるかわかるかえ」

「いえ、わかりません。でも、大文字屋さんにきけばわかると思いますが」

「そっと聞いておいてくれ。少し、探ってみる」

　そう言ってから、吾平は顔を引きしめ、

「伊勢屋さん、鴻池の参入を許してはなりませんぜ。鴻池には、もっと遠謀がある」

「わかりました。札差仲間の結束を図り、鴻池に対抗していきます」

伊勢屋は悲壮な決意を表情に滲ませた。

その夜、吾平は回向院裏の音曲の師匠おつたの家に顔を出した。

「親分。ずいぶん、ご無沙汰じゃありませんか」

おつたが恨みがましく言う。目鼻立ちのはっきりした派手な顔だちだ。

「そんなことはねえだろう。まだ、十日も経っちゃいねえはずだ」

「あら、今までは二日か三日置きには来てくださいましたよ」

おつたは甘えるように言う。もとは芸者だっただけに、男に媚を売ることには長けている。

「そうだったかな」

吾平は居間の長火鉢の前に旦那然と座った。

おつたは材木商の妾だったが、旦那が亡くなったあと、吾平が自分の女にしたのだ。旦那の倅からたんまり手切れ金をふんだくってやったことが縁だが、その金で、この家で音曲を教えるようになった。

「親分。ずいぶん、お疲れのようね」

おつたが酒の支度をしながらきいた。

「ああ、忙しく動き回っていたからな」

吾平は煙草盆を引き寄せ、煙管を手にする。

「辰三はどうしている？」

おつたの兄だ。本所・深川界隈で、ゆすりたかりをしているけちな男だが、妹のおかげで蝮の吾平という後ろ盾ができて、仲間内でも大きな面ができるようになったと喜んでいる。

「相変わらず、ぴいぴいしていたわ」

「そうか。まあ、そのうち、また儲けさせてやる」

辰三を鴻池の江戸店で暴れさせ、そこを抑えて江戸店の主人に接触するか。そんなことを考えた。

「親分」

おつたが燗をつけたちろりを持ったまま、吾平の顔を見た。

「なんでえ」

「なんだか、親分の顔つきが以前と違うような気がして」

「違う？」

「ええ。感じが別人みたい」

「…………」

吾平は顔に手をやった。

「蝮じゃないわ」

「蝮じゃなくて、なんだ？」

「さあ、どうぞ」

おつたが酒を注ぎ、

「そうね。鳩かしら」

「鳩？」

「なんだか、いやらしいものがないもの」

吾平は酒を呑みながら、自分も生まれ変わったような気がするのだった。それが表情や態度にも出るのだろうか。これも、藤十郎が自分を認めてくれたことが大きいと思った。

藤十郎の留守を俺が守る。吾平はその決意を新たにした。


二日後、吾平のところに札差『伊勢屋』の使いがあって、主人からの言伝てだと言い、鴻池の江戸店の場所を告げた。

鴻池が接触を図っている『大文字屋』から伊勢屋がきき出してきたのだ。池之端仲町の『小鹿屋』という骨董屋だという。

須田町の旅籠『増田屋』に泊まっていた鴻池の佐五郎は、何度か『小鹿屋』の主人と会っているのに違いない。

吾平が『小鹿屋』を訪ねたのは、翌日だった。

喜蔵といっしょに池之端仲町一丁目にある『小鹿屋』の店先に立った。吾平は喜蔵に耳打ちした。

「裏にまわって、この店に何人ぐらい人間がいるか調べて来い」

「へい」

喜蔵が路地に消えると、吾平はひとりで、暖簾をくぐった。間口の広い店だが、中は閑散としていて、板敷きの間に甲冑(かっちゅう)と刀剣、それに大きな壺が置いてあるだけだ。

「ごめんよ」

吾平は奥に向かって呼びかけた。

「はい。いらっしゃいませ」

裾の長い暖簾をかきわけて、三十前と思える色白の男が出てきた。

「俺は御用をあずかる吾平っていうもんだ」

「これは、親分さんでしたか。お見逸(みそ)れしました」

「おまえさんは?」

「はい。番頭の春太郎(はるたろう)と申します」

男は鋭い目を伏せて言う。

「主人はいるか」

「はい。少々、お待ちを」

男は長暖簾の向こうに消えた。

なんとも陰気臭い店だと辺りを見回す。今にも動きだしそうな甲冑が無気味だ。いい香りが漂っているのは香を焚いているからだ。

再び、暖簾をくぐってさっきの男が戻ってきた。その後ろから、四十過ぎの恰幅のよい男が出てきた。

「私が主人の光右衛門でございます。親分さん、どのような御用で？」

「うむ。じつは、この店の者は今年になって大坂から来た者ばかりだと聞いたんだが、間違いないか」

「はい。さようでございます。何か？」

「じつは、先日大坂から江戸に出て来た半助という男が殺されたんだ」

「殺されたとは穏やかではありませんな。で、そのことと私どもがどのような関わりがあると？」

「下手人の手掛かりはまったくねえんだ。殺されたのが大坂からやって来たばかりなので、こうして大坂から来た人間にきいているのだ」

「大坂から参ったのは私どもだけでなく、大坂に本店のある江戸店はたくさんありましょう。そういうお店は大坂から奉公人を寄越しているのではありませぬか」

光右衛門は、やんわり反論する。

「そうなんだが、じつはここは鴻池が後ろ盾だと聞いてな」

「………」

光右衛門の目が鈍く光った。

「どうなんだえ」

「はい。確かに私どもは鴻池の人間でございます。鴻池の人間が、半助というひとと何か関わりがあるのでしょうか」

光右衛門が迫るようにきく。

「おまえさん。鴻池の番頭佐五郎という男を知っているな。きくまでもないな、鴻池の人間なら当然知っていよう」

「はい、知っていますが」

「吉弥という供のことも知っているな」

「はい」

「佐五郎と吉弥は須田町にある『増田屋』という旅籠にしばらく逗留していた。知っているな」

「はい」

光右衛門は用心深く答える。

「何度か会っているはずだ。どうなんだえ」

「親分さん。それが半助というひととどう関わりが？」

「半助は佐五郎を見て脅えて身を隠した。佐五郎を恐れていたんだ」

「まさか」

「恐れていたのは間違いねえ。何を恐れたのかはわからねえがな」

「………」

「俺は、半助を殺したのが供の吉弥っていう男ではないかと疑っている。証はねえが、事情をきこうとしたときには江戸を発ったあとだったってわけだ」

「あの者がそんなことをするはずがありません」

光右衛門はきっぱりと言う。

「ほう、なぜ、そう言いきれるのだ？」

「人柄を知っているからです」

「そんな穏やかな人柄なのか。見た目は危険そうだがな」

「………」

「ところで、佐五郎と吉弥は江戸に何しに来たのだ？」

「商売のことです」

「江戸に進出するってことか。この店だけではもの足らないというわけか」

吾平は皮肉そうに口許を歪めた。

「江戸は広うございます。力があれば何カ所かに店を構えるのは当然でございましょう」

光右衛門は平然と言う。

「そうか。では、また、江戸に来るかな」

「来ることもあるでしょう」

「そうか。じゃあ、それまで待たねばならねえか。もっとも、その前に証が見つかったら、大坂まで出向くか、向こうの奉行所に頼むのだがな」

吾平はにやりと笑い、

「ところで、おまえさんは札差の『大文字屋』を知っているかえ」

「………」

「どうなんでえ」

「存じあげてます。私どものお客さまですから」

「客？」

「はい、掛け軸をお買い求めいただきました」

「『大文字屋』は内証が苦しいと聞いていたが、骨董を買う金はあるのか」

「あるから、お買い求めいただいた次第でして」

「そうかえ。そのこと以外の付き合いはないのか」

「それが縁で、親しくさせていただいています」

「じゃあ、他に親しくしている札差はいるのか」

「いえ。ただ、『大文字屋』さんからお客さまをお世話いただきました」

「ほう、誰だえ」

「申し訳ございません。そのお客さまから黙っているように頼まれてまして。ご妻女に隠れて骨董を探しているということで」

「なるほどな。まあ、いい」

吾平は鼻で笑ってから、

「また、ききに来ることもあろう。邪魔したな」

吾平は渋い顔をした光右衛門に声をかけて店を出た。

喜蔵が待っていた。

「親分。男だけでも十人以上はいますぜ。それも、二十半ばから三十前後でさ」

「仕事のできる男ばかりということか」

ここの連中が手分けをして、江戸で狙いを定めた人間に接触しているのだ。

藤十郎の想像は当たっていたようだ。江戸で、おめえたちに勝手はさせねえと、吾平は下腹に力を入れた。

四

数日後、吾平は『小鹿屋』の主人光右衛門を乗せた駕籠のあとをつけた。供は春太郎という番頭だ。

駕籠は下谷広小路を突っ切り、御成道(おなりみち)を筋違橋に向かう。鴻池の江戸の拠点は『小鹿屋』であろう。

光右衛門の動きはそのまま鴻池の狙いでもある。光右衛門がどこを訪問するか、誰に狙いを定めているのか、それを探るのだ。

だんだん陽は傾き、空も紺色に染まってきた。通りはひとが行き交い、人影に駕籠は見え隠れしているが見失う恐れはなく、またつけていることに気づかれる心配もなかった。

駕籠は筋違橋を渡り、八辻ヶ原を突っ切って、須田町に入った。

「今夜こそ、どこかの大名屋敷に向かうかもしれねえ」

吾平は勇み立った。

鴻池は勘定奉行にも近づこうとしていると、藤十郎は話していた。老中をはじめ、幕府の要職を務める大身の旗本に触手をのばしていることは間違いない。その相手が誰かを探ることは重要だった。

本町の角を右に曲がり、濠沿いに出てから左に折れ、一石橋のほうに向かった。

一石橋を渡り、西河岸町にある黒板塀の大きな料理屋の門前で駕籠が停まった。

光右衛門が駕籠を下り、門を入った。春太郎も続く。

駕籠が去ったあと、吾平は門の前までやってきた。

「親分。誰と会うか、女中にきいてきましょうか」

喜蔵が門に飛び込もうとする。

「待て、簡単に教えてくれるとは思わねえ。それに、光右衛門にこっちの動きを知られてしまう」

吾平は門の前を離れ、

「出て来るのを待とう。帰りはいっしょに出て来るかもしれねえ」

と、斜向いにある下駄問屋の脇の道に隠れた。

「駕籠ですぜ」

喜蔵が小さく叫んだ。

吾平も目を凝らした。駕籠が門の前で停まった。

武士が下りた。四十過ぎか、身なりは整っている。長身で、やや猫背ぎみの男だ。

「光右衛門の相手でしょうか」

「そうかもしれねえな。ともかく、光右衛門が出て来るまで待つんだ」

「へい」

それから一刻(二時間)あまりして、空駕籠が二つやって来た。

ほどなく、女将(おかみ)といっしょに光右衛門が出て来た。さっきの武士もいっしょだ。やはり、武士は光右衛門の相手だった。

長身の武士は体を丸めて駕籠に乗り込んだ。顎の長い顔だ。吾平はおやっと思った。どこかで見た顔だ。

すぐには思いだせない。光右衛門に見送られて、駕籠は出発した。

駕籠のあとをつけようとして、あっと思わず声を上げそうになった。

「親分、何か」

「いや、ともかく駕籠をつけよう」

まさかと思いつつ、吾平は駕籠を追った。光右衛門のほうはつける必要はない。

駕籠は大通りを横断し、楓川(もみじがわ)に出て海賊橋を渡った。案の定、駕籠が向かったのは八丁堀だった。

駕籠は与力(よりき)屋敷町に入り、とある屋敷の冠木門(かぶきもん)の前で停まった。

駕籠から下りた武士はその屋敷に入って行った。

「親分。与力の旦那ですかえ」

「そうだ。どこかで見た顔だと思っていたが、以前、奉行所の前で見掛けたんだ」

　吾平は興奮を抑えて言う。

「よし、近田の旦那に確かめてみよう」

　そう言い、吾平は同心屋敷町に足を向けた。

　木戸門の屋敷が並んでいる通りを急ぎ足で、近田征四郎の屋敷に向かった。

　屋敷に着くと、木戸門をくぐり、玄関まで行き、

「ごめんなさいまし。吾平でございます」

　足音がして、征四郎が赤い顔をして現われた。酒臭い。

「どうしたんだ、こんな時間に」

　いくぶん、咎めるような声だった。

「へい。申し訳ありません。ちょっと、教えていただきたいことがありまして」

「まあ、上がれ」

「いえ。すぐ引き上げます。長身で顎が長い、四十半ばぐらいの与力の旦那はどなたさまでしょうか」

「長身で顎が長いといえば、柏木さまだ。年番方の柏木長四郎さまだ」

「年番方の与力……」

年番方といえば、奉行所全般の取締りや金の管理、与力、同心たちの監督、任免などを行なう町奉行所の与力の最高位である。

「柏木さまがどうかしたのか」

征四郎が厳しい顔になる。

「へえ」

「へえ、じゃねえ。なぜ、柏木さまのことを気にしているんだ？」

「いえ。じつは、池之端仲町にある『小鹿屋』の主人が会っていたのが柏木さまでしたので」

「『小鹿屋』？」

「はい。骨董屋です。ですが、大坂の鴻池の店なのです」

「鴻池だと？」

「はい。鴻池は……」

まだ、そのことは話さないほうがいいと思い、

「大坂から来ていた鴻池の番頭佐五郎の供をしていた男は吉弥と言います。先日、江戸を発って大坂に帰りました」

「だから、何なんだ」

征四郎はいらだって言う。

「東本願寺境内で殺された半助という男を殺ったのが、吉弥ではないかと睨んでいます」

「証はあるのか」

「いえ」

「ない？」

「へえ。でも、半助は佐五郎を見て脅えていたそうです。半助は掏摸でした。大坂で何かがあって命を狙われ、天神の甚八という掏摸の親方の世話で、観音の新兵衛を頼って江戸に出てきたようです。半助は大坂で佐五郎と何らかの揉め事を起こし、逃げて来た江戸で佐五郎に出くわした」

「それと、柏木さまとはどう関わっているのだ？」

「へえ。それが……」

やはり、鴻池の江戸進出について話したほうがいいだろうかと迷った。

征四郎は、吾平が『万屋』のことを調べているのをやめさせようとしていた。今から思えば、『万屋』と『大和屋』のこと、さらには浅草弾左衛門との関わりを知っていたからではないか。

話したほうがいいかもしれないと思ったとき、

「まあ、いい。詳しいことは明日きく」

「へい。では、明日の朝、またお邪魔します。夜分にすいやせんでした」

吾平は征四郎の屋敷を引き上げた。

「いい気持ちで呑んでいたのを邪魔されたからか、旦那は機嫌が悪そうでしたね」

通りに出てから、喜蔵が声をひそめて言う。

「いや、柏木さまのことをきいたからだろう」

吾平はそうに違いないと思った。だが、なぜ、柏木長四郎のことをきいて不機嫌になったのか。


翌朝、吾平は再び征四郎の屋敷に出向いた。

ちょうど髪結いが来ていて、吾平は庭先で待った。庭の草木は手入れが行き届いていた。紫陽花(あじさい)が顔を出している。

「吾平さん」

征四郎の妻女が声をかけた。

「もう終わりましたよ。さあ、どうぞ」

「さいですか」

吾平は濡縁から上がった。

「旦那。お邪魔します」

「うむ」

顔色を窺ったが、それほど機嫌は悪くなさそうだ。

「昨夜は遅い時間に失礼いたしました」

「なあに、いいってことよ。それより、話を聞こうか」

「へい」

そのとき、妻女がやって来た。

「柏木さまからお使いが」

「なに、柏木さまから」

征四郎は吾平と顔を見合わせた。

吾平は不安を覚えた。征四郎も当惑した様子で立ち上がった。

すぐに戻って来て、

「柏木さまのところに行って来る。ここで待っていろ」

と告げた。

「へい」

征四郎は着替えて出かけて行った。

いったい何の用なのか。

「いままで、柏木さまから呼び出されることはあったんですかえ」

吾平は妻女にきいた。

「いえ。柏木さまからははじめてです。何でしょうね」

妻女も不思議そうな顔をした。

なかなか戻って来ない。込み入った話なのか。まさか、昨日のことに気づかれていたのだろうか。

征四郎が戻って来たのは、それから四半刻(三十分)近く経ってからだった。

渋い顔をして、吾平の前に腰を下ろした。腕組みをしたまま厳しい表情を崩さず、すぐに口を開こうとしない。

「旦那。どんな御用だったんですかえ」

吾平が促す。

「うむ」

やっと、征四郎は腕組みを解いた。

「おまえのことだ」

「えっ?」

吾平は思わず拳を握りしめた。

「旦那。まさか、鴻池が何か言って来たんですかえ」

「半助殺しの疑いを、鴻池の番頭と奉公人の仕業にしようとしている。何らかの魂胆があってのことかどうか調べてくれと言ってきたそうだ」

「そのために、きのう会ったんですね」

いまいましい思いで、吾平はきいた。

「なぜ、鴻池は柏木さまにそんなことを言えるのですか。ひょっとして、鴻池から付け届けを?」

「そうだろう。それも半端な額ではないはずだ。吾平」

征四郎は口調を改めた。

「鴻池に近づくな」

「なぜですかえ。半助殺しは吉弥に間違いありません。でも、吉弥自身の恨みじゃありません。佐五郎から命じられたんです」

「吾平。もういい」

「旦那。聞いてくだせえ。そもそもの鴻池の狙いは……」

「いいと言っているんだ」

征四郎は語気を荒らげた。

吾平は唖然(あぜん)として征四郎の深刻そうな顔を見た。

「柏木さまはこう仰った。これ以上、鴻池に近づくなら、手札(てふだ)を取りあげろとな」

「なんですって」

「俺がおめえに手札を与えているのは奉行所とは関わりねえ。だから、俺の勝手といえば勝手だ。だが、このままじゃ、俺が柏木さまに睨まれる」

「そんなのおかしいじゃありませんかえ」

「吾平。おめえは町のひとから何て呼ばれていたんだ？」

「えっ」

「蝮の吾平。そうじゃねえのか」

「………」

「ひとの弱みにつけ込んでのゆすりやたかり。おめえに対する苦情が柏木さまの耳にはたくさん入っているそうだ」

「そんな」

「柏木さまは、そのことには目を瞑るとつむ仰った。だが、今後、鴻池に近づいたら手札を取りあげろ。もし、取りあげないなら、おまえを定町廻りから外すと言われた」

征四郎は吐き捨てるように言った。

「ちくしょう」

吾平は胸を掻かきむしりたくなった。

「おめえの悔しい気持ちはわかるが、長いものには巻かれろだ。いいな、二度と鴻池に関わるな」

「…………」

吾平の頭の中でさまざまな思いが駆けめぐった。鴻池に対する怒り、金で籠絡された柏木長四郎への侮蔑、己の身を守ることしか頭にない近田征四郎。しかし、藤十郎は違う。敢然と鴻池に立ち向かおうとしている。そして、こんな俺を信頼してくれて、『万屋』と『大和屋』の秘密を打ち明けてくれた。

俺は今まで悪いことばかりしてきた。岡っ引きになっても同じだ。お上(かみ)の権威を笠に着て、やりたい放題だった。

だが、藤十郎と出会って何かが変わった。

藤十郎の期待を裏切るわけにはいかない。藤十郎は無私のひとだ。なんとしてでも、鴻池の野望を阻止しなければ、江戸は鴻池に牛耳られてしまう。いや、そのことより、藤十郎の力になりたいと、強く思った。

「旦那、わかりました」

吾平は口を開いた。

「旦那にご迷惑をおかけするわけにはいきません」

「吾平。じゃあ、もう今後は鴻池から手を引け」

征四郎は当然のように言う。

「いえ。手札をお返しいたします」

「なんだと」

征四郎は口をあんぐり開けた。

「旦那にはお世話になりました。ありがたく存じます。旦那のおかげで人間らしい暮らしをさせていただきました。どうやら、岡っ引き稼業のおかげで、悪を憎む気持ちが生まれたようです。あっしはこの気持ちを大切にしたいんです」

吾平の言葉を、憮然とした様子で、征四郎は聞いていた。


吾平は腹の虫が治まらなかった。こうなったら、脅しをかけてやれと、八丁堀から池之端仲町一丁目に向かった。

『小鹿屋』の店先に立ち、改めて怒りを覚えながら暖簾をくぐった。

番頭の春太郎が店番をしていた。

「これは親分さん。また、何か」

春太郎は口許に冷笑を浮かべる。

「光右衛門を呼んでもらおう」

「はい」

春太郎が呼びに行く前に、奥から光右衛門が出て来た。

「よろしいんですかえ、こんなところに来て？」

「どういう意味だえ」

　吾平はきき返し、

「ひょっとして、与力の柏木さまのことか。それなら、心配はいらねえ」

と、先回りをして言う。

　光右衛門は怪訝な顔をした。

「じつはな、おまえさんに安心してもらおうと思って伝えに来たのだ。俺はもうお上の御用を預っちゃいねえんだ」

「と、仰いますと？」

「岡っ引きじゃねえってことよ。だから、もう俺のことを親分さんって呼ばなくていいんだ」

「それは、またどうして？」

「おまえさんがゆうべ柏木さまに頼んだんだろう。俺をやめさせろって」

「とんでもない。そのようなことは……」

「隠さなくてもいい。柏木さまがそう仰っていた。おまえさんたちからたんまり付け届けをもらっているので断われないとね」

「ご冗談を」

　光右衛門は眉根を寄せた。

「冗談なんかじゃねえ。まあ、俺はおまえさんによってお上の御用を取りあげられたのだ。まあ、最初は腹が立ったが、今じゃそのほうがよかったと思うぜ。なにしろ、これで気兼ねなく動けるわけだからな」

「…………」

「世間じゃ、俺のことをなんと言っているか知っているかえ。蝮の吾平だ。これから、俺がやることで奉行所に泣きついても無駄だ。どこまでも、おまえさん方に食らいついてやるぜ。邪魔したな」

言いたいことだけ言い、吾平は踵（きびす）を返した。背後に射るような視線を感じた。

その夜、回向院裏のおつたの家の茶の間で、吾平はこの先のことを考えていた。旦那からもらう手当も、町の衆からの金も手に入らない。暮らしは苦しくなるだろう。

「親分。さっきから怖い顔をして、いったいどうしたというのさ」

おつたが不審そうにきいた。

「おつた。俺はもう親分じゃねえんだ」

「えっ、どういうこと？」

「近田の旦那に、手札を返したんだ」

「どうして、また……」

おつたが当惑したように言う。

「いろいろあってな」

吾平は苦い酒を喉に流し込んだ。

おつたは黙りこくった。

「どうした、岡っ引きじゃなくなった男には、何も感じねえか」

吾平は自嘲ぎみに言う。

昼間、女房のおときに手札を返したことを告げたとたん、しらけたような顔になった。もともと夫婦仲はよくなかったが、愛想が尽きたという態度に変わった。おつたも同じかもしれない。

「そうじゃないわ。私にとってはずっと親分だったんだもの。親分じゃなくなったって、親分は親分よ」

「無理するな」

「無理なんかじゃないわ。実入りがなくなったら、私がまた芸者に出て、親分のひとりぐらい食わせてあげるわ」

「おつた。その言葉だけでもうれしいぜ。だが、おめえにもう左褄(ひだりづま)はとらせねえよ」

これからも、鴻池を探れば何らかの手荒い手段に出てくるに違いない。命を落とすかもしれない。いや、それが狙いだ。俺が殺されたら鴻池の仕業だと、近田の旦那に気づかせればいい。

　そうすれば改めて、奉行所の手が鴻池に入る。それがだめでも、藤十郎が仇を討ってくれるはずだ。そう思うと、沈んだ心に闘志が燃え上がって来る。

　今ごろ、藤十郎はどの辺りだろうかと、吾平は思いを向けた。

五

　藤十郎の一行は十日目に日永追分にやって来た。道標には「右京大坂道、左伊勢参宮道」とある。

　江戸を発った日は戸塚宿に泊まり、二夜目は小田原宿、そして三日目は箱根の関所を通って三島宿に泊まった。そして、早暁から暗くなるまで歩き続け、きのうは宮宿から七里の渡しで桑名に着いた。

　藤十郎は東海道を離れ、伊勢街道に足を向けた。後ろから伊勢講の一行がついてきた。

　如月源太郎は後ろから見え隠れしながらついてくる。大井川の渡し場と宮の熱田神宮に立ち寄ったときの二度、近づいてきて、つけている者がふたりいると教えてくれた。ふたりとも商人の格好をした男だが、足の運びは武芸の心得があるとのことだった。

　裏鴻池の手の者であろう。どこかで襲って来ると警戒したが、襲って来なかったのは、ともかく大坂までは引っ張りだそうという腹積もりなのだろう。

藤十郎はつけられていることを気にしなかった。上野を過ぎ、津に着いて、まだ明るいが宿を探した。

津は藤堂家の城下町である。十代藩主の藩政改革で財政立て直しに成功したものの、十一代藩主の今は凶作に見舞われて、財政難に陥っていると言われている。

この地に鴻池がどこまで食い込んでいるのか。その結果、どうなっているのか。実態を見極めたいのだ。

城下の繁華な場所を通る。大店が看板を並べている目抜き通りの端に、小さく目立たない看板を見つけた。

質屋だ。『藤高屋』という屋号が書かれたすぐ横に鴻池の紋が入っていた。

藤十郎はその前を素通りした。

あえて、城下の外れにある宿に入った。梯子段を上がったとば口の広い部屋に通された。

宿帳を持って入ってきた小太りの亭主に、

「ご城下は活気がありますね」

と、藤十郎はきいた。

「まあ、そうですね」

亭主はあいまいな笑みを浮かべた。

「『藤高屋』という質屋がありました。看板に鴻池の紋がありましたが、大坂の鴻池ですか」

「そうです。鴻池の店がいくつも進出しています」

亭主は渋い顔で答えた。鴻池に好意を抱いていないようだ。

「鴻池がやってきて、活気が出てきたのですか」

「まあ、そのことは否定できませんが」

「何か」

「鴻池ですからね」

「どういうことですか」

「いえ」

曖昧に言い、亭主は下がった。

「藤十郎さま。如月さまがこの宿に入りました」

窓辺に立っていた三太が通りを見て言う。

しばらくして、梯子段を上がり、女中の案内で源太郎が奥の部屋に向かう。同じ宿をとったのは、何か伝えたいことがあるのかもしれない。

夕飯のあと、廊下で咳払いが聞こえた。源太郎だ。足音は階下に向かった。

藤十郎は立ち上がった。窓辺に寄る。

宿から源太郎が出てきた。ぶらぶら歩きだした。

「出かけてくる」

ふたりに言い、藤十郎は部屋を出た。

階下に降り、宿の下駄を借り、女中に見送られて外に出る。源太郎が歩いて行ったほうに足を向ける。

小さな神社があった。藤十郎は鳥居をくぐった。

まっすぐ拝殿に向かう。境内に人気はなかった。

常夜灯の背後から源太郎が顔を出した。植え込みの暗がりに向かう。藤十郎もあとに続いた。

「どうしましたか。寂しくなったのですか」

藤十郎は微笑みかけた。江戸を離れて以来、はじめてまともに言葉を交わすのだ。

「それも少しはある」

源太郎は真顔で答え、

「明日はどうするのだ？」

「この城下での鴻池の様子を知りたいのです」

「ここを調べたことが鴻池にわかっていいのか」

「やむを得ないでしょう」

「伊勢はどうするのだ？」

「調べに手間取れば、行くのをやめるつもりです」

伊賀・伊勢国を探ってきたことを鴻池に知られるのは、仕方ないと藤十郎は思っている。

「さっき、後ろから伊勢講の一行がついてきたのを知っているか」

「いましたね」

「つけていたふたりのうちのひとりがその一行に紛れ込んだ。伊勢に先回りをする気だ」

「もうひとりは？」

「この地にいる。どうだ、ここの調べは俺がしよう」

「如月どのが？」

「そうだ。まさか、俺にはそんな調べは無理だと思っているのではあるまいな」

源太郎がわざとらしく顔をしかめる。

「いや、そういうわけではありません」

「そなたはこのまま伊勢まで行き、ふつうにお参りをすませてこられよ。そなたが伊勢に行けば、もうひとりの男もついて行く。その間、俺は自由に動き回れる」

「そうですね」

源太郎の言葉にも一理ある。いや、そのほうが都合がいいかもしれない。あくまでも、伊勢参拝で押し通したほうが、大坂でも動きやすい。

「わかった。そうしてもらいましょう」

「よし。俺はここで、そなたたちが戻って来るのを待っている」

「明後日です」

そう言い、藤十郎は先に境内を出た。


翌朝、藤十郎は宿を出立した。しばらく歩いて行くと、街道の端の木の根っこに腰を下ろし、笠をかぶった商人ふうの男が煙草を吸っていた。つけてきたひとりだ。

笠の内から鋭い目を向けているのがわかる。やがて、当てが外れたと思ったのか、あわてて煙管を仕舞い、ついてきた。

あくまでも、伊勢神宮参拝に徹した。松阪(まつさか)を過ぎ、昼前に、宮川の渡しに乗って外宮(げくう)のある山田に着いた。

「あのふたりですね」

六助がちらっと後ろを見た。

「そうだ。こっちの道中の様子を見届けるように言われているのだろう」

藤十郎は答える。

昼飯をとり、外宮に向かった。どこに隠れていたのか、例のふたりの男がついてくる。藤十郎は気づかぬふうに先を急いだ。

北御門から入って火除橋を渡る。外宮は豊受大神を祀ってある。天照大神の食事係を司る神で、米などの衣食住の恵みを与えてくれる。

外宮の参拝をすまし、内宮のほうに向かう。内宮は天照大神を祀ってある。

高倉山を越え、江戸の吉原、京の島原と並んで三大遊廓の一つである古市に出た。その夜は、古市の小さな宿に入った。

つけている男がふたり、しっかりと見ているのを確かめた。おそらく、忠実で有能な配下の者なのだろう。藤十郎にぴたっとついて離れない。

源太郎の言葉を聞き入れてよかった。これで、源太郎は自由に津の城下を歩き回ることができるのだ。

夕飯を食べ終えたころ、遊廓から三味線、太鼓のお囃子に合わせて、伊勢音頭の唄声が風に乗って聞こえていた。六助は気もそぞろな様子だ。

「六助。せっかくだ。羽を伸ばしてこい」

藤十郎が言う。

「とんでもない。そんなことはできねえ」

六助があわてて首を横に振る。

「何も恥ではない。三太も行って来い。金なら遠慮するな。いや、かえって、敵の目をくらますには好都合だ。行って来い」

三太の表情が微かに動いた。

「いいんですか」

「もちろんだ」

「六助さん。藤十郎さまが仰ってくれたんだ。行かないか」

「じゃあ」

六助も鼻の下を伸ばした。

藤十郎は軍資金を渡した。ふたりは恐縮しながら、部屋を出て行った。

藤十郎はひとりになって、今後のことを考えた。まだ道中で襲ってくる心配はなかった。

京を経て大坂に近づいたときの襲撃も考えられないわけではないが、大坂の近くでの襲撃は鴻池に疑いが向くだろう。だから、それもありえない。

ふと、三味線の音が聞こえてきた。近くの宿屋に芸者でも入っているのか。それとも、芸人か。

糸の音が哀調を伴って耳に入る。おつゆのことを思い起こさせるに十分だった。とうに光吉はおつゆに会っているだろう。

　おつゆは手紙で伝えたことをわかってくれただろう。今度、いつ会えるかわからないが、それまで望みを捨てないで待っていてくれと、藤十郎は祈った。

　女中がふとんを敷きに来て、衝立で仕切りを作った。

　ふたりが帰って来たのは夜半近かった。

　ふたりとも上機嫌だ。藤十郎はあえて無粋な質問はしなかった。

　翌日は内宮に参拝し、朝熊山に登って頂上の金剛證寺に参拝をし、そこから二見浦やかなたの富士の絶景を眺めた。

　のんびりと伊勢参拝を楽しんでいるように、つけてきたふたりには見えるはずだ。山から二見浦に下りると、果てしない海が広がり、目の前には注連縄で大小ふたつの岩が結ばれた夫婦岩が美しい姿をみせていた。

　三太と六助は感嘆の声を上げて海を眺めている。藤十郎は、自分たちを遠くから眺めている男たちに注意を払っていた。

　帰路についた。藤十郎たちは津まで戻り、再び同じ宿に草鞋を脱いだ。源太郎もまだ泊まっていた。

　つけてきたふたりが近くの旅籠に入ったのを、三太に確かめさせてから、夕飯のあと、藤十郎は源太郎の部屋に入った。他の宿泊客に不審な人間はいないようだが、それでも用心して客に見つからないように気を配った。

部屋の中で差し向かいになってから、

「どうでしたか、何かわかりましたか」

と、藤十郎はきいた。

「ああ。鴻池の商売敵と思える質屋や両替商、お城の御用達の大店、剣術道場、料理屋、賭場などに寄って話を聞いて来た」

そう前置きして、源太郎は語りだした。

「やはり、藩の財政は厳しく、藩主の生活費も半分に、家臣の扶持も減らし、さらに年貢を上げ、商家からは金を出させたが、まだ足りず、近江や大津の商人からも金を借りていた。今は、その利子の返済がたいへんな負担になっているそうだ」

源太郎は息を継ぎ、

「大津の商人から、大坂鴻池の話をきいた金貸しを営む者が、筆頭家老に話を持ち込んだ。家老は殿様の参勤交代や江戸屋敷の修繕などを考え、五千両を借りることにした。それが三年前。だが、その後、雪だるま式に増えていっているようだ。具体的にはわからないが、かなりな額だそうだ」

どこも同じような状況の中で、鴻池が食い込んでくる。問題はそのあとだ。

「あの『藤高屋』という質屋は町人相手で、武士たちに金を貸す鴻池の店は別にあり、かなりの家臣が金を借りているらしい。つまり、家臣たちは減俸分を鴻池から借りて埋め合わせをし、さらにそれ以上も借りているらしい」

「なるほど。家臣は鴻池の借金にがんじがらめになっているのですか」

「そうだ。借りた金の利子もかなりのものだそうだ」

「で、鴻池は何か藤堂家に対して要求を出しているのですか」

「店の主人の倅を藩士の身分にして藩の財政を賄わせてもらいたいと言っているそうだ」

源太郎が顔をしかめて言った。

「そうですか。鴻池はそうやって有力大名家に入り込んでいっているんですね」

問題はどれだけの大名家に手が伸びているかだ。江戸進出を図るからには、相当な数の大名家を抑えているのであろう。

「如月どの。ごくろうでございました。助かりました」

「なに、たいしたことではない。ただ」

源太郎がばつの悪そうな顔をした。

「わかっています」

藤十郎は懐から財布を出し，ひと包みを差し出した。

「すまない。料理屋の女中から話を聞き出したりするのに、思った以上に金がかかってな」

「わかっております」

「では、ありがたく」

源太郎は包みに手を伸ばした。

明日以降の手筈を話し合い、藤十郎は自分の部屋に戻った。

翌朝、津を発った。来るとき使った伊勢街道ではなく、伊勢別街道に入り、東海道の関宿(せきじゆく)に向かった。

関宿から東海道に入り、草津から大津に辿り着き、京までの東海道と別れ、淀川沿いを走る大坂街道に入り、伏見(ふしみ)、淀(よど)、枚方(ひらかた)、守口(もりぐち)、そして大坂街道の終点、京橋(きようばし)に到着した。

「いよいよ、大坂ですね」

三太が感慨深げに呟く。江戸を出て、ほぼ半月。いよいよ、敵陣にやってきたという緊張感に、藤十郎は身を引き締めた。その晩は京橋の『浪花屋(なにわや)』に宿を求めた。

第三章 暗殺

一

大坂での第一夜が明けた。

朝食のあと、藤十郎は六助と三太を伴い、宿の亭主に大坂見物と言い置いて出かけた。

まず、大坂の土地に馴れなければならない。大坂見物を装いながらの視察である。

大坂城が望める。大坂は幕府の直轄領であり、城代が置かれている。

藤十郎は辺りを見回したが、見張っている者はいなかった。大坂に着いたことを見届けて、役目を終えたのかもしれない。

また、如月源太郎の姿も見えない。こっちを見失うはずはないだろうから心配はないが、どこにいるのか気になる。

天満に出た。人出が多いのは青物市場が開かれているからだ。群衆の熱気に包まれている。

江戸でも両国広小路で青物市場が開かれるが、それ以上の活気に満ちていた。

「すごい熱気ですね」

三太が驚いている。

「ああ、圧倒される」

六助の目が怪しく光った。

「六助。ふらちな考えを持つではないぞ」

「そんなことは……。すいやせん、つい。でも、ほんとうにやるつもりはありません。ただ、これじゃ仕事は楽だろうと思いました」

掏摸の目で見てしまうのだろう。

そこから北に行くと、『天神祭』で有名な天満宮があった。京都の北野天満宮、福岡の太宰府天満宮と並ぶ天神さまだ。菅原道真を祀っている。

広い境内は朝から人出で賑わっていた。露店がたくさん出ている。

鳥居をくぐり、拝殿まで行き、参拝した。

「六助。この界隈が天神だ。天神の甚八の住まいがあるのはこの辺りだろう」

藤十郎が声をかける。

「へい。夜になったら、訪ねてみます」

「どうだ、怪しい挙動の男は目に入らぬか」

大坂からやって来た半助が浅草奥山で、六助に気づいたように、今度は六助が大坂で同業の者を見つけ出せないかときいたのだ。

「へえ。まだ、目に入りません」

「あの男はどうだ」

藤十郎は商家の内儀（おかみ）らしい女のあとを歩いている遊び人ふうの男を見つけた。小柄な痩せた男だ。

「間違いありません。前を行く女を狙っています」

六助は声を上げた。参拝をすましたのだろう、女は連れの女中と鳥居に向かっている。

「六助。もっと、後ろを見ろ」

「やっ」

六助は息を呑んだ。

岡っ引きが小柄な男を見張っていた。

「こっそり、教えて来い。鳥居の近くで待っている」

「へい」

六助は男にさりげなく近づいて行った。

追い越しざまに、六助は何ごとか囁（ささや）き、そのまま先を急いだ。掏摸は振り返った。岡っ引きに気づいたらしく、顔をしかめ、追跡を諦め、そのまま女の後ろから離れた。

鳥居の前で待っていると、六助がやって来た。

「ごくろうだった」

藤十郎は声をかけた。

「へい。奴、きょとんとした顔をしてましたが、信用したようですね」

「天神の甚八の手下かも知れぬ」

「へい。あとで、会うかもしれません」

堂島川に沿って西に向かう。蔵屋敷が集まる一帯に出た。

西国、九州、四国の諸大名は大坂に蔵屋敷を設け、それぞれの領地からの領主米や特産物を運び込み、売りさばいた。

諸大名は大坂で売って得た金を、江戸の屋敷の保全や参勤交代のための費用に当てたりするのだ。

廻米（かいまい）を売りさばくことを町人である蔵元（くらもと）に委託しており、鴻池善右衛門もいくつかの大名の蔵元になっている。蔵元になる町人は両替屋などの特権商人たちであり、諸大名がそのような豪商に依頼するのは、その豪商から借金をすることができるからだ。

また、蔵物（くらもの）の売却代金を江戸屋敷や国許に送金したり、金融を引き受ける仕事をするのは掛屋（かけや）といい、蔵元は掛屋を兼ねていることも多い。

掛屋は、江戸の札差と似ている。札差は旗本・御家人に代わり扶持米を売って代金を得、また先の扶持米を担保に金も貸し出す。

一方、掛屋は大名を相手に同じようなことをするのだ。

「こんなに蔵屋敷が並んですごいですね」

三太が感心して言う。

「大坂は江戸と違って大名が屋敷を持てない。蔵屋敷を廻米の運び込みだけでなく、屋敷としても使っている」

藤十郎は説明した。

ふと、どこぞの藩の蔵屋敷の陰に浪人を見かけた。源太郎らしい。やはり、我らを見守っている。源太郎は大坂に土地勘がある。改めてそんな感じがした。

船宿や料理屋が並ぶ一帯から離れ、通りの両側に商家の並ぶ通りに入った。この界隈は堂島という。

藤十郎は左右の看板を見ながら歩く。

「ありました」

三太が先に見つけた。

だいぶ先の小間物屋の看板の陰に隠れて、質屋『宝来屋』の看板が見えた。

「どうしますか」

六助がきく。

「場所だけ知っておけばよい」

いずれ訪れるつもりだが、まだ早いと思った。

堂島川と土佐堀川を渡って北船場には鴻池の看板を上げた大店が並んでいた。ここが鴻池の本家かと思いながら、通りがかりの者にきくと、鴻池の分家だという。和泉町にも鴻池の分家、別家が多いらしい。

それから、呉服屋の大店が並ぶ通りに出た。高麗橋通りで、間口の広い店は『三井呉服店』であり、他には舶来品を売っている店もあった。

今橋にやって来た。瓦屋根の大きな建物が現われた。両替商の鴻池だ。同じような屋敷が幾つも並んでいた。

「ここが鴻池本家だ」

本家の建物は、まるで、この町がすべて鴻池一族で占められているような偉容を誇っていた。

鴻池が江戸進出を図った意図は想像がつくが、江戸に『大和屋』がある限り、鴻池の思う通りにはならない。いったい、鴻池はどういう手を使って江戸制覇を目論むつもりか。それを探るために大坂にやって来たのだが、その企みの中に、藤十郎の抹殺があるかもしれない。

藤十郎を亡きものにすれば、『大和屋』の衰退を招くと、鴻池が考えたかもしれない。藤右衛門と藤一郎はそのことを心配していたが、それも敵の懐に飛び込んでみなければわからない。

鴻池の人間に見つからないように早々とその一帯から離れ、順慶町から道頓堀に出た。慶長十七年（一六一二）から三年かけての工事で出来上がった掘割だ。

茶屋や料理屋、呑み屋など両国広小路や浅草奥山のような賑わいだ。特に、芝居町には歌舞伎、浄瑠璃、からくり小屋が並び、絵看板や幟がはためいていた。

竹本義太夫が櫓を上げた竹本座に並んで同じ義太夫節の豊竹座があった。藤十郎は芝居小屋のほうに足を向けた。

歌舞伎の浪花五座が並んでいる。藤十郎は上方歌舞伎の大看板片倉仁右衛門の絵看板を眺め、大瀬竹之丞に思いを馳せた。

竹之丞は去年、半年間、大坂に招かれて、片倉仁右衛門と共演を果している。近松門左衛門の『冥土の飛脚』で、片倉仁右衛門の忠兵衛に、大瀬竹之丞の梅川。大坂でも好評だったという。

だが、大坂の最後の公演の、『本朝廿四孝』の八重垣姫が品がなく、とうてい長尾謙信の娘の八重垣姫には見えないと不評だったという。

大坂から江戸に帰って来た竹之丞の芸は荒れた。竹之丞は、『助六』の揚巻を演じたもののさんざんの評価で、先代の知久翁が竹之丞の名を汚すからと名の返上を迫った。

そのことに悩んだ竹之丞は自害した。

だが、大坂で、竹之丞のからむ事件が起きていたのだった。

「あっ、藤十郎さま」

六助の声で、藤十郎は我に返った。

「さっきの掏摸じゃありませんかえ」

六助の視線の先を追うと、人ごみの中に細身の男がいた。獲物を探しているのか、鋭い目を辺りに這わしている。

「岡っ引きはいないようだな」

「あっ、狙いを定めたようです。あの商家の旦那ふうの男ですぜ。どうしますか、近づいて行きましたぜ」

芝居小屋の前を行き過ぎようとしている男がいる。丁稚の供を連れている。掏摸の男は明らかに狙っている。

「六助。奪い返せるか」

「へえ、できると思います」

「じゃあ、掏り返して、掏られた男に返してやるんだ」

「へい」

江戸の掏摸の腕前を見せてやると思ったのか、六助は意気込んだ。前を行く獲物の男の行く手に先回りをした。

掏摸は獲物の背後に近づき、他人から押された振りをして獲物にぶつかってそのまま行きすぎる。

その前方から六助が迫り、掏摸にぶつかり、詫びを言ってから、次に狙われた商家の旦那ふうの男にぶつかった。

六助がこっちに戻って来た。

「たいしたものだ」

藤十郎が感嘆の声をあげた。

「へえ、お恥ずかしい」

再び道頓堀に出たところで、後ろから追いかけてきた男がいた。

「待ちやがれ」

振り向くと、さっきの掏摸だ。兄貴分らしいふたりを連れている。

「何か」

藤十郎は掏摸の横に立つ屈強な男を見てきいた。

「そいつに用がある」

小柄な掏摸の男が目を剝いて言う。

「あっしですかえ」

六助が前に出た。

「そうだ。俺の仕事の邪魔をしやがった」

「なんのことで？」

「とぼけるな」

掏摸の男が大声を張り上げた。

「おめえたち、どこから来た？」

不精髭を伸ばした男が歪んだ顔で迫った。通行人がちらちら見て過ぎる。

「江戸だ」

六助が答える。

「江戸だと？　ふざけやがって」

「何を怒っているのだ？」

藤十郎がきく。

「まだ、しらを切るのか。俺の懐から財布を奪ったろう。返してもらおう」

「おまえさんの財布を奪った覚えはねえ。俺が掏ったのは、おまえさんが掏りとった旦那の財布だ。その財布なら、もう持主に返したぜ」

「なんだと」

掏摸は顔を紅潮させた。

「兄貴、こいつら、ただじゃすまさねえ」

兄貴分のふたりが腕まくりをし、太い腕を見せつけて威嚇した。

「そなた、天神の甚八の手下か」

「馴れ馴れしく呼び捨てしやがって」

「やはり、そうか」

藤十郎は苦笑しながら、

「この男は六助と言って、江戸の観音の新兵衛の手下だ。観音の新兵衛のことは聞いたことはないか」

「知らねえな」

「そうか。では、帰って親方にきいてみろ」

「その手は食わねえ」

「甚八に会いたい。そう伝えてくれ」

「ふざけるな。兄貴、ちょっと痛い目に遭わせてやってくれ」

「よし」

兄貴分が藤十郎の胸ぐらをつかもうと手を伸ばした。藤十郎はその手首をつかんでひねり上げた。男は悲鳴を上げた。

「通るひとが何ごとかと見ている」

「野郎」

もうひとりの屈強な男が藤十郎に摑みかかった。藤十郎は腕を摑んでいた男を楯にして攻撃を防いだ。

　藤十郎は男を突き放し、掏摸の男に、

「半助を知っているな」

　と、きいた。

「半助？　知っている。半助は江戸に行った。知っているのか」

「半助は死んだ。殺された」

「げっ。半助が？」

　掏摸の男は目を剝いた。

「天神の甚八の世話で、観音の新兵衛を訪ねた。だが、半助は敵に見つかってしまった。そのことで、甚八に会いたい」

「………」

「甚八に話を通してもらいたい。我らは、京橋の『浪花屋』に泊まっている。そなたの名は？」

「へえ、亀吉(かめきち)です」

「亀吉か。では、待っている。よいな」

「へい」

　藤十郎は茫然としている亀吉を残し、道頓堀から引き返した。

その夜、宿で夕飯をとり終えたころ、宿の亭主が姿を見せた。

「今、下に亀吉と仰るお方がお連れさまと参っておりますが」

「そうですか。すみませんが、ここに上げていただけますか」

「畏まりました」

亭主は下がった。

しばらくして、亀吉が上がって来た。部屋の前の廊下に腰を下ろす。

「お入りなさい」

「へえ。じつは、親方もいっしょでして」

藤十郎は声をかける。

「なに、甚八さんも?」

障子の陰から、四十絡みの男が現われた。細面で、眉の濃い顔だちだ。

「失礼しやす」

男は部屋に入って来た。

「天神の甚八でございます」

「わざわざおいでくださいましたか。私は江戸は浅草で質屋を営みます、藤十郎と申します。この者は三太といい、私どもの奉公人。こちらは、観音の新兵衛どのの手下の六助でございます」

藤十郎は引き合わせた。

「さっそくでござんすが、半助が殺されたのはほんとうでしょうか」

甚八が身を乗り出すようにして、きく。

「残念ながら」

藤十郎は六助に、半助と江戸で出会ったときからのことを説明するように促した。

「浅草奥山で、同業者だと見抜いてあっしに接触してきました」

六助が語りはじめた。

鴻池の番頭佐五郎の姿を見て、急に脅えだしたというところで、甚八はため息をついた。

「間違いありません。半助は鴻池の人間に殺されたんです」

六助は言いきった。

「そうですか」

甚八はやりきれないというように顔をしかめた。

「甚八さん」

藤十郎は声をかけた。

「半助さんに何があったのか、思い当たることはありませんか」

「へえ。最初は、何者かに命を狙われているが、心当たりはないと言うてましたな。でもそのうち、じつは自分を殺そうとしているのは鴻池だと言いました。なぜ、鴻池に狙われるかききましたが、言葉を濁してました」

「何か言えない事情があったんですね。それはなんでしょうか」

「わかりませんが、思うに……」

甚八は一拍間(ま)を置いて続けた。

「半助は何かをネタに、鴻池を脅していたのではないかと」

「脅した？」

「そして、金を得たのだと思います。だから、あっしにも理由を話せなかったんじゃないかと」

「命を狙われているのに？」

「はい。たぶん、話しても無駄だと思ったんでしょうが……。ただ、このままでは危ないと思い、半助に江戸に逃げるように勧めました」

「しかし、半助は金なんか持っていませんでしたぜ」

六助が口をはさんだ。

「半助には、好いた女がいたようです。その女のために使(つこ)うたのかもしれません」

「どこの誰だか、わかりませんか」

「いえ。亀吉、おめえは知っているか」

「あっしも誰かは知りません。ただ、どこかの遊女やろと思います」

「遊女？」

「詳しいことはわかりません」

亀吉は首を横に振る。

「ところで、鴻池の評判は？」

藤十郎は改めてきいた。

「そりゃ、今は飛ぶ鳥を落とす勢いですよ。こんな俗謡があります。『神様でもったいないのは伊勢の大神宮、仏さんで有り難いのは京都の本願寺、長者で名高いのは大坂の鴻池』と。なにしろ、大坂の富の八分方は鴻池が占めると言われております」

藤十郎も頷かざるを得ない。

「諸大名も鴻池の財力を期待して大坂に蔵屋敷を設けているのです。そんなわけですから、大坂城代から東西の奉行所にも息がかかってます。あっしらも鴻池の人間の懐は狙うなと言いつけてあります。狙ったら、奉行所上げての探索で、こっちが潰されかねません」

「なるほど。鴻池には誰も逆らえないと」

「そうです。だから、半助を江戸に逃がしたんでさ。鴻池に睨まれたら大坂じゃ暮らしていけません」

甚八は顔をしかめて言ってから、

「ところで、藤十郎さまは大坂には？」

「鴻池の招きを受けたのです」

「招き？」

甚八は意外そうな顔をした。

「鴻池は私どもの家と誼(よしみ)を通じようとしています。鴻池がどこまでのことを考えているのかを知るために大坂にやって来たのです」

「そうですか。もし、あっしらでお力になれることがあればなんでも仰ってください。仲間は何十人とおります」

甚八は鴻池についていろいろと教えてくれた。

力強い味方を得て、藤十郎は鴻池との闘いに踏み出す勇気が漲(みなぎ)ってきた。

二

翌朝、藤十郎は三太を鴻池本家まで使いに走らせた。

半刻（一時間）後に、三太が戻って来た。

「番頭の佐五郎さんにお会いしてきました。本家まで来ていただきたいとのことで、昼下がりに迎えの駕籠を寄越すそうです」

「わかった」

「それから、如月さまに声をかけられました」

「近くにいたのか」

「はい。天満宮参道の水茶屋で待っているとのことでした」

やはり、蔵屋敷の一角で見掛けたのは源太郎だったのだ。

「よし」

藤十郎は立ち上がった。

三太と六助を伴い、『浪花屋』を出た。

天満宮の参道には水茶屋が並んでいる。その一つの緋毛氈(ひもうせん)をかけた腰掛けに源太郎が座っていた。

藤十郎は参拝を済ませてから、その水茶屋に入った。

藤十郎は源太郎の横に腰を下ろした。六助と三太も並んで座る。派手な前掛けの茶汲(ちゃく)み女に甘酒を頼む。

「どうだ、大坂は？」

源太郎が前を向いたまままきいた。

「やはり、町人の町ですね。お侍は小さくなっているようです」

「ここじゃ、侍は威張れない。それに、江戸ほど、武士はいない。なにしろ、大名屋敷などないのだからな」

茶汲み女が甘酒を持ってきた。

「今、どこに泊まっているのですか」

甘酒を口に含んでから、藤十郎は話題を変えた。

「この近くだ」

「旅籠ですか」

「まあ、そんなところだ」

源太郎は曖昧に答えた。

「どこかの藩の蔵屋敷ではないのですか」

藤十郎はさらに続けた。

「如月どのは、蔵役人だったのでは?」

蔵屋敷には大名の国元より派遣された留守居役や蔵役人がいる。源太郎はどこぞの藩の蔵屋敷に派遣されていたのではないか。そこで何らかの問題が起こって、浪人となって江戸に出た。

源太郎から返事はなかった。

藤十郎はあえてそれ以上はきかなかった。

「きのう、天神の甚八と会いました」

その経緯を話した。

「半助は鴻池を強請（ゆす）って金を得ていたようです。強請（ゆすり）の内容はわかりませんが、それが命を狙われた理由のようです」

「小さな神社の境内には呑み屋や遊女屋がある。さしずめ、曾根崎新地（そねざきしんち）辺りにいるのか、いたのか」

半助の女のことに話が及ぶと、源太郎はそう言ってから、

「女の身請けのために金が欲しかったのかもしれぬな」

と、しんみりと続けた。

藤十郎はそこまで言いきった源太郎を訝（いぶか）った。もしかしたら、源太郎が禄を離れた理由もその辺りにあるのかもしれないと思った。

「半助のこともそうですが、大瀬竹之丞が新町の遊女と心中をし、女だけを死なせてしまった件の真相を確かめるのも大坂にやって来た目的のひとつです」

「わかった。俺が先に調べてみる」

「お願いします」

藤十郎は頼み、

「きょう昼下がり、鴻池本家に挨拶に伺うことになりました」

「そうか」

「私だけが行きます。三太と六助は町中を散策します。よろしくお願いします」

「任してもらおう」

「また、明日、いや明後日の朝にここでお会いしましょう」

「藤十郎どの」

立ち上がった藤十郎は源太郎の顔を見下ろした。

「何か」

「俺は……、いや、なんでもない」

源太郎は何を呑み込んだのか。

「では、これで」

藤十郎は茶汲み女に銭を払った。


昼下がり、藤十郎は駕籠に揺られて、両替商を営む鴻池本家の店先を過ぎ、脇にある家人の出入りする門前に着いた。

駕籠のまま門を入る。駕籠を下りると、玄関に佐五郎が待っていた。

「藤十郎どの。よういらっしゃいました」

佐五郎はうれしそうに目尻を下げ、

「さあ、どうぞ」

と、自ら案内に立った。

広大な庭を見ながら長い廊下を伝い、広い客間に通された。檜（ひのき）の贅を尽くした部屋だ。

腰を下ろすと同時に、廊下から年配の男がやって来た。大柄な四角い顔をした男だ。

肌の色つやがよく、聞いていた五十歳よりはるかに若々しい。佐五郎と兄弟のはずだが、あまり似ているようには思えない。

「大和屋の藤十郎どのです」

佐五郎が男に言う。

「藤十郎にございます。このたびはお招きいただき、ありがとうございました」

藤十郎は低頭した。

「善右衛門です。よう、来てくれました」

愛想よく返す。

「なるほど。藤十郎どのは一廉（ひとかど）の人物だ。気品に満ちておる。佐五郎が申していたとおりだ」

「買いかぶりでございます」

藤十郎は恐縮の体を示す。

「道中はいかがでしたかな」

「はい。せっかくの大坂への旅ゆえ、念願だったお伊勢さんに寄って参りました」

「おう、お伊勢さんに。それはようござった。わしも若いころ、お伊勢さんに行き、古市の遊廓で遊びました。遊女たちの伊勢音頭は忘れられませんな」

「藤十郎どのも遊ばれたのですか」と佐五郎が訊く。

「いえ。私は……。連れのふたりが遊んで来ました」

「そうですか」

佐五郎が微笑んだ。

「明日の夜にでも酒宴を催したい。よろしいか」

善右衛門がにこやかに言う。

「はっ。ありがとうございます」

「ところで大坂見物はされましたか」

「きのう、天満宮や道頓堀に行って来ました」

「そうですか。他にもいろいろあります。おそのに案内させましょう」

善右衛門は佐五郎に顔を向け、

「おそのが遅いようだが」

と、きいた。

「おそらく、藤十郎どのの前に出るゆえ、念入りに身支度をしているのでございましょう」

佐五郎が取り成すように言う。

おそのは十八歳だというが、凜とした顔だちの美しい女で、男勝りのところがある。江戸を案内して気づいたのだが、女らしい見掛けと違い、内に激しい感情を秘め、気性も荒い面がありそうだ。

おそのがやって来た。

「藤十郎さま。また、お会いできてうれしゅうございます」

手をついて挨拶をする。

「こちらこそ、お会いするのを楽しみにしておりました」

藤十郎も応じる。

佐五郎にしてもおそのにしても、江戸で会ったときの様子と微かに何かが違う感じがした。

特に、おそのの目には悲しみの色が滲んでいるようだった。佐五郎には不敵な笑みが浮かび、善右衛門の柔和な笑みの裏には冷やかなものが隠されているようだった。

「おその。明日、藤十郎どのをどこぞにご案内してさしあげなさい」

善右衛門が声をかける。

「天満宮から道頓堀までは行かれたそうだ」

「はい」

佐五郎が言葉を挟む。

「では、どこがよいかしら」

「四天王寺がよかろう」

「そうですわね。藤十郎さま、ぜひ、ご案内させてくださいまし」

「お願いいたします」

藤十郎は頭を下げた。

やはり、鴻池の肚は藤十郎を抹殺することにある。そう思わざるを得なかった。ただ、露骨に鴻池が殺ったと思わせては、『大和屋』と全面戦争に突入せざるを得ない。そのようなばかな真似はしまい。

あくまでも事故、あるいは鴻池以外の者の仕業に見せかけようとするはずだ。いや、仮に鴻池の仕業だとしても、買収されている東西の奉行所は、別途下手人を作り上げるかもしれない。

その後、道中などの話をして、藤十郎は辞去した。

翌日、藤十郎はおそのと共に、道頓堀、難波を過ぎて、聖徳太子が創建したという四天王寺にやって来た。おそのには若い男と女中がつき、藤十郎も三太と六助を連れていた。

四天王寺は中門・五重塔・金堂・講堂が南北一直線に並んでいる。その五重塔に上がった。おそのは急な階段にも音を上げることはなかった。

大坂の町が見渡せる。大坂城が偉容を誇り、土佐堀川、堂島川が見え、南北を走る『筋』と東西を走る『通り』がきれいに整っている。

藤十郎の目を引き付けたのは道頓堀の北西にある濠で囲まれた場所だ。新町の遊廓である。

大瀬竹之丞と喜多尾太夫が心中を図り、喜多尾太夫だけが死んだ。この事件が表沙汰にならなかったのは、鴻池が金を使って噂を抑えたからだという。

しかし、それが真相とは思えない。何かある。

おそのの横顔を見た。どこか虚ろな表情に思えた。何か屈託があるようだ。藤十郎は顔を戻した。

おそのの悩みを想像した。おそのはほんとうに心から藤十郎の嫁になろうとしているのか。そんな疑問が浮かんだ。

四天王寺を出て、再び難波のほうに向かう。

雑木林の一帯に差しかかった。来たときと道が違うようだ。木の葉に遮られ、陽光は射し込まず、薄暗かった。

「ずいぶん、寂しいところね」

おそのが詰るように言う。

「すみません。このほうが早道だと思ったものですから」

おそのの連れの若い男が言い訳をした。

藤十郎は不穏な空気を察した。殺気を感じる。

「おそのどの」

藤十郎は呼び止めた。

「なんでございましょうか」

「後ろへ」

背後に下がるように言い、藤十郎は前に出た。

前方の大樹の陰から、色白で、なよなよとした細身の男が現われた。二十四、五歳か。

大店の若旦那という感じだ。

「あら、徳太郎さん」

おそのが声を上げた。

「おそのさん。そのひとですか。藤十郎さんていうのは?」

目が据わっている。

「徳太郎さん。ばかな真似はやめて」

異状を察したのだろう、おそのが前に出て訴える。

「この男のせいで……」

徳太郎は声を震わせた。

「おまえさんはどなたですか」

藤十郎は静かに問いかけた。

「おそのさんを返せ」

徳太郎は懐から匕首を取り出した。だが、構えた切っ先が震えている。匕首を扱い馴れていないようだ。

「物騒なものは仕舞いなさい」

藤十郎は相手をなだめて、

「おそのさんとはどのような間柄ですか」

「許嫁(いいなずけ)だ」

「そんなもので私を刺したら、あなたはお縄になってしまいます。それでは、おそのさんと二度と結ばれない。いいのですか」

「あんたがいなくなれば、戻って来る」

徳太郎は匕首をかざして襲ってきたが、へっぴり腰で、振りかざす手に力はない。

藤十郎はあっさり匕首を奪い取った。そして、徳太郎の懐から鞘を奪い、匕首を仕舞ってから徳太郎に返した。

「おそのさんが好きなら堂々と奪い取りなさい。おそのさんの気持ちを自分のほうに向けることだ。こんなことをしても、何にもならない」

藤十郎は諭した。

「徳太郎さん。もう、私たちは許嫁同士じゃありません」

おそのが絞り出すような声で言う。

「おそのさん。私は承服できない。こいつが現われさえしなければ、おまえは私の嫁になっていたんだ」

「女々しいことでございますよ」

おそのは悲しげな表情で言う。

「私は諦めない」

徳太郎は踵を返して走り去って行った。

「どこのひとです?」

藤十郎はおそのにきいた。

「高麗橋通りにある古着屋のぼんぼんです。藤十郎さま、気にしないでください。さあ、行きましょう」

「あなたは家の犠牲になるつもりですか」

「犠牲ですって」

おそのは笑った。

「違います。今の男、私は興味ありません。向こうが勝手に夢中になっただけです」

おそのはつんと横を向いた。が、その表情に悲しみの色が浮かんでいる。

おそのは徳太郎を好いているのだ。好いた男と別れ、家のために自分を犠牲にしようとしているのではないか。どんな思いでいるのか。

藤十郎の脳裏をおつゆの顔が掠めた。おつゆもまた、悲しみを背負い、藤十郎と別れ、館林で過ごしている。

ここにもまた引き裂かれようとしている許嫁同士がいることに、藤十郎は胸が痛んだ。

徳太郎とおそのの苦しみが自分とおつゆの胸の内と重なった。

「おそのさん、ご自分の気持ちを偽ってはなりません」

「偽ってなんかいません」

おそのは顔をそむける。

「おそのさん……」

何か言いたかったが、うまい言葉が見出せなかった。

今橋の鴻池本家に戻ったときには夕方になっていた。すでに、大広間では宴席の支度が整っていた。

　善右衛門をはじめ、分家、別家の当主が集まり、二十名近い宴会となった。藤十郎は正面の席に、善右衛門と並んだ。

　なぜか、男ばかりだ。おそのはこの席に出なかった。やがて、そのわけがわかった。黒の紋付裾模様の長い裾を引きずった芸者衆が十人、下座に並び、辞儀をしてからいっせいに立ち上がった。

「新町の芸者です」

　大坂唯一の官許の遊廓新町は遊女より芸者のほうが多いというが、これだけの芸者を私邸に呼びつけたのは、鴻池の威光を藤十郎に見せつけるためか。

　藤十郎の脇に、美しい芸者がやって来た。

「小糸（こいと）です。よろしゅうに」

　藤十郎に酒を注ぐ。

「藤十郎どの。小糸は新町一、いや大坂一の名花でございます」

　その後、善右衛門が一同に藤十郎を紹介し、藤十郎も挨拶をし、酒宴がはじまった。

　分家の主人たちが順次、藤十郎に挨拶にきた。

「私は分家の庄右衛門（しょうえもん）にございます」

　四十前の渋い感じの男だ。いかにも商売に長けた雰囲気を醸しだしている。

鴻池の家制は本家・分家・別家に分かれて、丁稚から二十年勤めた者は別家の家格を与えられた。別家の子どもは必ず本家に奉公するなど、本家には滅私奉公である。そんな話を、庄右衛門はした。

その後も、次々と挨拶を受けた。それが終わると、芸者の踊りや三味線がはじまり、小糸が見事な舞いを披露した。

小糸が戻ってきたとき、善右衛門が厠（かわや）に立った。

「見事でした」

「いえ……」

恥じらいを見せた。

「江戸からおいでとか」

「そうです」

「歌舞伎役者の大瀬竹之丞さんはどうなさっておいでですか」

「大瀬竹之丞？　まだ、知らないのですか」

「何がですか」

「それより、どうして竹之丞のことを？」

「芝居、観に行きましたから」

「それだけですか」

藤十郎は周囲に聞こえないように言う。

「どういうことでしょうか」

「大瀬竹之丞を気にする何かがあるのではないかと思いまして」

「そんな」

小糸はあわてて首を横に振った。

「大瀬竹之丞は亡くなりました。自害して」

「えっ」

「小糸さんは新町にいるのですね。去年、大瀬竹之丞が喜多尾太夫と心中しようとしたことを覚えておいでですか」

「………」

小糸は俯いた。

「どうしました？」

「私は太夫と同じ置屋の抱えですので」

「喜多尾太夫と？」

「はい」

「そのときの詳しい様子を知りたいのです。どうか、教えていただけませんか」

「詳しいことは知りません……」

小糸は顔をそむけた。

「口止めされているのですか」

「………」

「どんなことでも構わない。話していただけませんか」

「置屋まで……」

言いかけて、小糸はあわてて声を呑んだ。善右衛門が戻ってきた。いっしょに佐五郎もやって来て、藤十郎の前に腰を下ろした。

「藤十郎どの。ぜひ、鴻池新田会所にも寄っていただけませぬか。ご案内いたします」

佐五郎が誘う。

「先代が広大な土地の開発を請け負って開拓した新田です」

勢力の誇示かもしれないが、鴻池を知るためにも見ておいたほうがいい。

「ぜひ、お願いいたします」

その後、皆が酔うにつれ座は乱れ、三味線の音が鳴り響き、分家、別家の主人らが競って喉を披露した。

「小糸さん。あなたを置屋までお訪ねしてもよろしいですか」

こっそり、藤十郎は小糸に訊ねた。

「はい」

小糸は小さく頷いた。

「藤十郎どの。さっきの鴻池新田に行くのは、明後日ではいかがですかな」

善右衛門がにこやかな顔を向ける。

「はい。よろしくお願いいたします」

藤十郎は腰を折った。だが今、藤十郎の頭にあるのは小糸のことだ。小糸は何かを知っている。

竹之丞の心中事件の秘密に近づきそうな手応えを感じていた。

三

翌朝、天満宮の参道にある水茶屋で、藤十郎は源太郎と会った。先日とは別の水茶屋にしたのは、鴻池の見張りを気づかってのことだ。だが、大坂にやって来た藤十郎を見張る必要はないのか、怪しい人間は目に入らなかった。

「きのう、おそのの許嫁だった徳太郎という男が襲ってきました。許嫁をとられた恨みでしょう」

藤十郎は甘酒を一口呑んでから言った。

「どこの人間だ？」

「高麗橋通りにある古着屋の倅です。調べてもらいたい」

「わかった。しかし」

と、源太郎は暗い声で、

「おそのに、そんな男がいたのか」

「わかりません」

藤十郎は首を傾げる。

「わからないとは？」

「なぜ、徳太郎があの場所に現われたのか」

徳太郎は四天王寺からの帰りに通った雑木林で待ち伏せていたのだ。あとをつけられていた気配はない。

あの道は、おそのの供の若い男が選んだのだ。あの者は徳太郎とつるんでいたのか。

そうとしか考えられない。

「その点も確かめておこう」

源太郎が請け合った。

「明日、鴻池新田に行くことになりました」

藤十郎は口にした。

「鴻池新田か。寝屋川（ねやがわ）を船だな」

源太郎は鴻池新田を知っていた。やはり、大坂に土地勘があるのだ。何年間か、住んだことがあるのに違いない。

「俺も行こう」

「しかし、船では難しいのでは」

「俺も船を使う」

「当てがあるのですか」

「まあな」

大坂時代の知己に船頭もいるのかもしれない。

「きょうはどうするのだ？」

「『宝来屋』に行ってみます。果して、質草を見せてくれるかどうかわかりませんが……」

「行けばなんとかなるさ」

源太郎はあまり心配していないようだ。

「よし。俺は徳太郎を調べてみる」

今日は、源太郎のほうが先に立ち上がった。

いったん、旅籠に戻ると、おそのの使いが待っていた。きのう、四天王寺まで供をした若い男だ。

「夕方、道頓堀にある『川端屋』という料理屋に来ていただきたいとのことでございます」

「わかりました。お伺いするとお伝えください」

若い男に、徳太郎のことを訊ねるのは控えた。おそのの耳に筒抜けになるからだ。もっとも、急の招きは、徳太郎のことを弁明するためだろう。おそのはあくまでも自分の役目を忠実に果そうとしているのか。

使いが引き上げてから、藤十郎は部屋に戻った。


昼前に、再び旅籠を出て、藤十郎は堂島に向かった。晴れていた空に、厚い雲が出てきた。風が出てきたようだ。

堂島に着き、米問屋の隣にある土蔵造りの質屋『宝来屋』の暖簾をくぐる。

帳場格子の中に、恰幅のよい主人ふうの男が座っていた。四十前か。

「ご主人でしょうか」

藤十郎は確かめる。

「さようでございますが」

主人が応じる。

「私は江戸から参りました」

「江戸から？」

「はい。浅草で質屋を営んでおります」

「同業者ですな」

主人は親しげな笑みを浮かべた。

「はい。そのことに甘えてお願いがございます。これをご覧ください」

藤十郎は質札を見せた。

「これは私どもの質札ですな」

「この質札は大瀬竹之丞という歌舞伎役者の財布に隠してありました。ある縁から私が手に入れました」

「確かに、江戸の役者があわてた様子でここにやって来て質草を預けて行きました。急な入り用があるとのことでした」

「この質札にある六カ月の期限はとうに過ぎています。質草は質流れとなったのでしょうか」

「ええ。先月、お買い求めになったお客さまがいらっしゃいます」

「そのお客の名を教えていただけませぬか」

「あなたさまなら、どうなさいますか。自分の店で質流れ品をお買い求めのお客さまのことを他人に教えたりなさいますか」

「仰るとおりです。お客さまに迷惑がかかります」

「はい。私どもも同じです」

　主人は冷やかに言う。

「じつは、大瀬竹之丞は亡くなりました」

「亡くなった？」

　主人は表情を曇らせ、

「なぜ、ですか」

　と、きいた。

「自害しました」

「自害……」

「大坂から帰って塞ぎ込むことが多かったようです。竹之丞が何を預けたのかが気になるのです」

「上物の文箱です」

　主人は答えた。

「中に何か」

「空(から)でした」

「二重底になっていませんでしたか」

「二重底？　そこまで調べていません」

主人は顔をしかめた。

「その文箱に何か大事な手紙でも隠されているのではないか。そんな気がしているのです。お客さまの名をお教えいただけないのは無理もありません。ご主人、そのお客から文箱を一時お借りしてもらうことはできませぬか」

「私に借りて来いと？」

「申し訳ありません。私はただ文箱に隠されているものを知りたいだけなのです」

藤十郎は頭を下げた。

「お気持ちはわかりますが、お受けすることはできません。質流れ品であろうと、一度売った品物はお買い求めになったお客さまのもの。たとえ、質屋といえ、その品物を貸してくれとは言えません」

「どうしてもだめですか」

「申し訳ありませんが……」

主人は話を打ち切るように横を向いた。

「せめて、お客の名がわかる手掛かりなりと」

「ご勘弁ください」

そう言って、主人は立ち上がった。

これ以上頼んでも無理のようだ。日を改めて、もう一度頼みに来よう。

「お邪魔しました」

と、藤十郎は引き上げた。

外に出たとき、源太郎が立っていた。

「どうだった？」

「だめでした」

藤十郎は首を横に振って、経緯を話した。

「そうか。すでに客の手に渡っていたか」

源太郎が呟き、

「あれから、徳太郎の実家に行ってみた。『鶴来屋』という大きな古着屋だ。外出する徳太郎のあとを追ったら、宗右衛門町にある呑み屋に入って行った。二階の部屋で、やくざ者と会っていた。おそらく、明日の相談だろう」

「明日の？」

「そうだ。鴻池新田まで追いかけるに違いない」

「そうですか。徳太郎に、私の動きを教えている奴がいるということですね」

「そうだろう」

川沿いを歩きながら、

「徳太郎は本気でそなたを憎んでいるようだ。誰かが、それを煽っているのだ」

鴻池だ。徳太郎は鴻池に操られていることに気づいていない。藤十郎さえ亡きものにすれば、おそのは戻って来る。そう信じ込まされているのだ。

藤十郎殺しがうまくいったとしても、徳太郎は奉行所の役人に捕まるだけだ。江戸の『大和屋』への言い訳のためにも徳太郎を生贄(いけにえ)にするだろう。

「ともかく、明日は十分に注意をするように」

「わかりました」

昼過ぎに、藤十郎は三太と六助と落ち合い、新町遊廓に出かけた。

江戸吉原、京島原と並ぶ遊廓だけに、濠で囲まれた豪壮な廓(くるわ)だった。

喜多尾太夫のいた置屋にも行ってみたいが、藤十郎の動きは鴻池に筒抜けになってしまう。めったな動きはできない。

小糸を探すことも控えねばならず、廓内を一回りしただけで引き上げた。

「六助。亀吉に頼んで、小糸という芸者がいる置屋を探してもらってくれ」

「わかりました」

夕方になって、藤十郎は道頓堀の料理屋『川端屋』に上がった。

女将の案内で離れの座敷に行くと、すでに、おそのが待っていた。

「遅くなりました」

藤十郎は会釈して入る。

「さあ、どうぞ、こちらに」

「失礼します」

藤十郎はおそのの前に座った。

「はじめてちょうだい」

おそのが女将に告げる。

「はい」

女将が下がった。

「やっとふたりきりになれましたわ」

おそのはにこやかな顔を向ける。

「きのうは驚かせてしまいました」

「何のことでしょうか」

「徳太郎さんのことです」

「ああ、あのことですか。ええ、驚きました」

「親が勝手に決めた縁談です。どうってこと、ありませんわ」

おそのは強がった。

「でも、徳太郎さんのほうは真剣なようでした。あなたも、その気になっていたのではありませんか」

「ええ。でも、今はぜんぜん」

おそのは平然としている。

「少し、酷いような気がしますが」

藤十郎はわざと、やりきれないという表情を作る。

「そうかしら」

おそのが冷たく返したとき、襖が開いて、女中が酒を運んできた。

おそのは女中が注いだ酒をぐいと喉に流し込んだ。そして、すぐに噎せた。江戸にいたときには見られなかった態度に、藤十郎は驚かざるを得なかった。

「おそのどの。どうかしましたか」

「何が、ですか」

「何か屈託がありそうです。徳太郎どののことを気に病んでいるのではありませんか」

「いいえ」

「おそのどの。徳太郎どのを愛おしいと思うなら……」

「やめてください」

おそのは激しい声で制した。

「それより、藤十郎さま。大坂はいかがですか」

　おそのは話題を変えた。

「江戸はほとんどが武家屋敷。狭い場所に町人がひしめき合っていますが、大坂はまったく違います。蔵屋敷があるだけで、大名屋敷も旗本屋敷もなく、町人の天下」

「町人の天下ですって。ほんとうは、鴻池の天下と仰りたいのではありませんか」

　おそのはまた酒を呷る。

「どうしたのですか」

「どうもしません。藤十郎さまは、お感じになっていらっしゃるでしょうけど、鴻池一族はすべて本家の意のままに動いています。そこにいる者には自由はありません」

「あなたもまた、鴻池の利益のために存在するというわけですね」

　藤十郎は続けた。

「徳太郎どののことしかり、私との縁組もまたしかり」

「ええ」

「それでいいのですか」

「いいも悪いもありません。そのように教え込まれ、育ってきました」

「不思議です」

「何がですか」

「まるで、武家のような息苦しさではありませんか」

「いえ、お武家さまはいまは戦がありませんから。でも、商人は日々戦場にいるようなものです。儲けなければなりません」

「鴻池は江戸進出を図っていますが、江戸で何をしようとしているのですか」

「私には詳しいことはわかりません」

「ただ、商売をはじめるだけとは違うような気がしますが」

「さあ」

おそのは含み笑いをした。

「鴻池は、本気であなたと私の縁組を考えているのでしょうか。それとも、あなたとのことは私を大坂に誘い出すための企み？」

おそのの表情が変わった。

「やはり、そうなんですね」

「藤十郎さま」

おそのは真剣な目を向けた。

「明日、鴻池新田に行ってはなりません」

「なぜ、ですか」

「待ち伏せています」

「誰がですか。裏鴻池ですか」

「…………」

「裏鴻池とは何者なのですか」

「裏の仕事をやるところです」

「つまり、汚いこと。たとえば、商売仇の暗殺、乗っ取り……」

「藤十郎さま。どうか、一刻も早く、大坂を離れてください。このまま居続ければ、きっと……」

「なぜ、あなたはそのことを私に？　お家を裏切ることではないのですか」

「お願いです。どうか、江戸に……」

「あなたは、さっき鴻池のために生きるように教え込まれたと言ってました。なぜ、今になってそのようなことを？」

おそのは首を横に振った。

「おそのさん」

藤十郎は返事を促した。

「私は、藤十郎さまとの縁組をなし遂げるために江戸行きを命じられました。藤十郎さまが大坂にやって来たときも、この縁談は、鴻池と大和屋を結びつけるためと思っていました。でも、四天王寺の帰り、徳太郎さんが待ち伏せしていたことで、私は気づきました。徳太郎さんの仕業にして、藤十郎さまを殺そうとしているのだと。鴻池ではなく、下手人はあくまでも徳太郎さんだということに」

「調べればわかること」

「いえ、町奉行所は鴻池の息がかかっています。必ず、徳太郎さんを下手人に仕立てます。江戸には、私の許嫁が嫉妬に狂って藤十郎さまを襲ったと伝えられるはずです」

藤十郎はおそのの激しい訴えに胸を突かれた。

「私は、藤十郎さまに死んで欲しくないのです」

おそのは藤十郎にすがりつき、

「お願い。逃げてください」

と、泣きそうな顔で訴えた。

「なぜ、あなたは？」

「はじめは家のためと自棄になっておりました。でも、藤十郎さまにお目にかかり、ご立派なお人柄を知るにつけ、今の私は……」

おそのは言いよどむ。

「私が逃げたら、あなたが逃がしたと疑られましょう。そんなことはできません。あなたは、今までどおりに私に接してください」

気の強い女の姿はなく、おそのは藤十郎の胸の中で震えている。藤十郎はやさしくおそのの肩を抱いていた。

またも、おつゆの顔が脳裏を掠める。

「おそのさん。私が必ず徳太郎さんとあなたが結ばれるようにしてみせます」

それが、自分とおつゆが結ばれることにも通じるのだと思った。

四

朝からどんよりとした天気だった。土佐堀川から川船に乗り、藤十郎は鴻池の佐五郎とともに鴻池新田に向かった。佐五郎の供に吉弥がついた。大坂ではじめて顔を見た。六助と三太を残して来たのは、危険が待ち構えているからだ。おそのの話からも、藤十郎を誘き出す口実なのは明らかだ。

鴻池新田は、宝永元年（一七〇四）に行なわれた大和川付け換え工事によって多数の池・沼・河川が干拓されたことにはじまり、その後、鴻池善右衛門、鴻池善次郎が譲り受け、新田開発請負人になった。

「当初、新田開発ははじめてのことで、危険でもあり、失敗を恐れ、本家の営業とは別形態にして、本家とは関係ない形で行なわれました」

佐五郎が説明する。

「ところが、工事は順調に進み、二年目からは収穫も見られた。それで、営業を本家といっしょにしたと聞いています」

大坂城の石垣を眺めながら、藤十郎は話を聞いている。背後に船が見える。源太郎が乗っているかどうかわからない。

今にも降り出しそうな空模様だ。やがて、船は寝屋川から田畑の中を通る水路に入った。前方に大きな屋敷が見えてきた。

「会所です」

新田を管理・運営するための建物だ。屋敷の周囲に堀がめぐらされ、水路を通して寝屋川につながっていて、ここから米などを大坂に運んでいた。

その会所に船が横付けされた。この会所が出来たのが宝永二年（一七〇五）である。母家は重厚な入母屋（いりもや）造りで、中に入ると、書院造りの客間があった。付近の地主や新田会所の役人らと応対する場所だ。

藤十郎はこの部屋に通された。庭を見ると、野良着に頭を手拭いで被（おお）った百姓ふうの男たちが十人ぐらい集まっていた。

やがて、小柄な老人がやって来て、床の間を背に腰を下ろした。

「当主の四郎兵衛（しろべえ）さまです」

佐五郎がひき合わせた。

「江戸は『大和屋』の藤十郎でございます」

藤十郎は低頭した。

「よう参られましたな。いかがかな、鴻池新田は？」

口をもごもごさせてきく。

「まことに広大で見事なものでございます」

「質流れや買い取りの金で増やした新田もあり、かなり広くなっております。新田開発に乗り出した鴻池の三代目の慧眼です。ここの百姓の家はすべて鴻池が用意しております。新田に引っ越してくる百姓は仮に自分で家を建てても、それを鴻池が買い上げ、改めて貸し与えております。百姓は鴻池の家来並でしてな」

四郎兵衛は勝手に続ける。

「正徳元年（一七一一）に大風でたくさんの百姓家が破損しました。このとき、修復費用は鴻池が用意をしています。佐五郎さん」

「はい」

「村を案内してさしあげなさい」

「畏まりました」

佐五郎は藤十郎に顔を向け、

「行きましょうか」

と、声をかけた。

藤十郎は立ち上がり、佐五郎のあとに従った。

四郎兵衛はなぜ、百姓が鴻池の家来並だとわざわざ言ったのか。命令があれば、戦でもする。そういう集団であることを匂わせたのか。

そういえば、さっき庭にいた百姓たちはみな屈強な感じだった。戦国時代の武士集団のような趣（おもむき）さえある。

平時は農作業に従事しているが、いざとなれば、鍬（くわ）を刀や槍（やり）に持ち替える。そんな印象さえ持った。

大きな門を出た。空に厚い雲が垂れ込めている。風も強い。

「降り出しそうですね」

佐五郎が空を見上げて言う。

「新田を見るまでもありません。戻りましょう。いかがですか。何かご覧になりたいところはございますか」

「いえ、結構です」

母家に戻ると、酒宴の支度がされていた。

酒宴を早めに終え、佐五郎と藤十郎たちは会所の裏手の船着場から船に乗り込んだ。

「この風です。もしかしたら、寝屋川は荒れているかもしれません」

棹を持った男が言う。

「では、行けるところまで行って下ろしてもらいましょう」

佐五郎が応じる。

府内まで約三里（十二キロ）。歩いて一刻（二時間）余だ。

藤十郎は鴻池にとって都合のよい天候になったことを悟らねばならなかった。

船は水路をすべるように出発した。風は強い。空は夕暮れのように暗い。が、まだ雨は降り出していない。

もし、歩くことになれば、途中で降られるかもしれないので、蓑笠を用意してきた。

寝屋川に出た。船は揺れた。

「旦那。危険です。とうてい持ちません」

「わかった。藤十郎どの。申し訳ありませんが、歩いていただけますか」

藤十郎は佐五郎の目が鈍く光ったのを見逃さなかった。

「わかりました。歩きましょう」

「じゃあ、岸につけてくれ」

船は近くの船着場に寄って行く。

佐五郎、吉弥、そして藤十郎の三人は岸に上がった。

しばらく川沿いに歩き、次第に川から離れて行く。田畑の中の道はやがて鬱蒼(うっそう)とした林の中に入る。

藤十郎は足を止めた。佐五郎も立ち止まり、

「どうかなさいましたか」

と、きいた。

「この先に、なにやら待ち構えている者がおります」

「なに？」

佐五郎は顔色を変えた。

「吉弥さん。匕首をお持ちですか」

藤十郎は吉弥にきく。

「いえ、持っていません」

あわてて胸に手を当てて、吉弥が答える。持っていることは明らかだ。

「なぜ、そんなことを？」

「お借りしようと思ったのです」

藤十郎は辺りを見回した。木の枝が落ちている。その中の一本を拾った。少し太い枝だ。片手で、振ってみる。

「これでいい」

藤十郎は満足げに頷く。

「さあ、行きましょうか」

木の枝を手に、藤十郎は歩きだす。佐五郎と吉弥が顔を見合わせたのに気づいた。

しばらく歩き進めると、数人の浪人が行く手を塞ぐように現われた。

「このような場所に、盗賊は似合わぬ。私を狙ってのことのようだな」

藤十郎は真ん中にいて一歩前に出ている髭面の浪人にきいた。

「高麗橋通りにある『鶴来屋』の徳太郎から頼まれた。おまえさんに恨みはないが、死んでもらう」

「依頼主の名を出すとは不自然な。ほんとうの依頼主を教えてもらおう」

「…………」

「どうやら、言えぬようだな」

「黙れ」

浪人は抜き打ちに斬り込んできた。

藤十郎は相手の剣を枝で弾いた。横にいた浪人が上段から斬りかかる。藤十郎は素早く相手の懐に飛び込むように腰を落として踏み込み、枝で相手の脾腹(ひばら)を叩いた。

だが、枝では相手に激痛を与えただけで、痛みが去れば、再び襲ってくる。藤十郎は背後から斬りつけてきた浪人の手首を枝で思い切り叩き、落とした剣を素早く拾い上げた。

「今度は容赦せぬ」

藤十郎は剣を下段に構え、浪人たちに迫った。

髭面の浪人が一歩下がり、

「掛かれ」

号令を発した。

左右から浪人が斬り込んでくる。藤十郎は左から襲ってきた浪人の剣を弾くや、右に迫った浪人の脇をすり抜けながら相手の二の腕を斬った。さらに、攻撃を仕掛け、たちまちのうちに三人の浪人がうずくまった。

剣のかち合う音がして、そのほうに顔を向けると、いつの間にか源太郎が現われ、浪人ふたりをあっけなく倒した。髭面だけが残った。

「もう、よせ」

源太郎は近づいてきて髭面に言う。

「二対一だ。そなたに勝ち目はない」

「おのれ」

髭面は呻いた。

藤十郎は源太郎と顔を見合わせ、

「誰に頼まれた？」

と、髭面に迫った。

「徳太郎だ」

髭面は後退った。

「まだ、しらを切るのか」

源太郎が剣を突き付ける。

「相手はそう名乗っていた」

「どんな顔だ？」

その男は徳太郎の名を騙ったのではないか。

背後に殺気がした。

振り返ると、十人ぐらいの野良着の百姓が立っていた。その中から佐五郎が現われた。

「藤十郎どの。大事はありませぬか」

佐五郎は源太郎にちらっと目をやった。

「だいじょうぶです」

「よございました。急いで引き返し、応援を呼んで参りました」

「さきほど、庭にいたひとたちですね」

藤十郎は確かめる。

「……はい」

答えるまで間があった。

足音がした。浪人たちが逃げ出した。

「何者でしょうか」

佐五郎が逃げる浪人たちを目で追いながらきく。

「徳太郎から頼まれたと言ってましたが」

「やはり、そうですか。徳太郎には気をつけていたのですが、まさかこんな強引な真似をするとは……」

佐五郎はしらじらしく言い、

「こちらのお方は？」

と、改めて源太郎に顔を向けた。

「江戸から私の警護のために来てもらった如月源太郎どのです」

「警護のため？」

「用心棒だ」

源太郎は含み笑いをした。

「さようですか」

佐五郎は表情を変えずに一礼して、百姓たちのほうに行き、何ごとか囁いた。

百姓たちは引き返して行った。

「ただの百姓ではないな」

源太郎は呟いた。

「浪人たちのあとに、あの連中が襲い掛かる手筈だったのでしょう。ところが、如月どのがいたので襲撃を止めた。そういうことでしょう」

ひとりだったら必ず襲ってきただろう。源太郎のことは、佐五郎の計算違いということだ。

佐五郎と吉弥が戻ってきた。

「さあ、降られないうちに引き上げましょう」

佐五郎は何ごともなかったかのように促した。しかし、鴻池は藤十郎を斃すためにさらに手を打ってくる。藤十郎はそう思った。

五

夕方、京橋の旅籠に戻った。雨は降りそうで降らなかった。

藤十郎は源太郎を部屋に誘った。三太と六助も帰っていた。ふたりは、半助の動きを調べまわっていたのだ。

「いかがでしたか」

三太が待ちかねたようにきいた。

「やはり、襲われた」

藤十郎の話に、ふたりは目を剝いた。

「如月どのがいなければ、あのあと百姓の格好をした連中が私を襲ってきたに違いない」

「浪人どもに襲撃させ、失敗したら第二陣を送り込む。鴻池の手だ。さらに、何を企んでいるやもしれぬ」

源太郎が厳しい顔で言う。

「ともかく、これでおそのどのとの婚約はなくなった。鴻池と『大和屋』の結びつきは白紙に戻ったのだ。もはや、大坂での我らの動きを縛るものは何もない。あとは、大瀬竹之丞と半助の調べに専念する」

「はい」

三太と六助が同時に応じた。

「どうだ、半助の動きは何かわかったか」

藤十郎は、三太と六助の顔を交互に見た。

「半助の知り合いに話を聞いて、気になることを耳にしました」

六助が口を開いた。

「なんでも、半助は大瀬竹之丞の懐をずっと狙っていた節があります。そんなことを漏らしていたそうです」

「たまたま出くわして掏ったのではないということか」

「そのようです」

「半助が竹之丞から財布を掏った場所はどこか、見当はつきそうか」

「それがわからないのです。竹之丞は宿と芝居小屋への移動、また贔屓筋の招きにもいつも駕籠を使っていたそうです。ですから、半助が竹之丞の懐を狙うとしたら、駕籠までの僅かな間しか考えられません。そこには当然付き人らがいるでしょうから、半助が近づけたかどうか……」

今度は三太が答えた。

「そうか。だが、そこに何か手掛かりがあるかもしれぬ」

藤十郎は何か閃きそうだったが、はっきりしなかった。

夕餉をとったあと、藤十郎は源太郎と共に高麗橋通りにある『鶴来屋』に向かった。

どんよりとした空はどうにか持った。雨はやはり降りそうで降らなかった。

古着屋の大戸は閉まっていたが、潜り戸を叩いて、顔を出した手代に、徳太郎への取り次ぎを頼んだ。

いったん奥に引っ込んだ手代に代わり、番頭が出て来た。

「若旦那は、出かけました」

「出かけた？」

藤十郎は訝ってきいた。

「どちらへ行かれたかわかりますか」

「さあ、わかりません。お使いの方がお見えになって出て行きました」

「使い？　いつですか」

「少し前です」

「使いはどこから？　ひょっとして鴻池からでは？」

「はい。お嬢さまのお使いでした」

「おそのさんですね」

「はい」

番頭が不安げな顔になる。

「徳太郎さんがどっちに歩いて行ったか、わかりませんか」

「誰か、若旦那がどっちへ行ったか知らないか」

すると、丁稚が前に出て来て、

「天神橋だと思います。そう呟いていらっしゃいました」

と、緊張した顔で告げた。

「よく、覚えていた。失礼」

藤十郎は外に飛びだした。

「どうした？」

外で待っていた源太郎がきいた。

「おそのどのの使いが来て、出て行ったそうです。天神橋ではないかと」

「口封じだ。行こう」

藤十郎と源太郎は天神橋に向かって走り出した。

天神橋にやって来たが、徳太郎の姿はない。

橋を渡る。天満の青物市場のほうに足を向けた。市が立つ朝は賑わうが、今は閑散としている。

突然、悲鳴が聞こえた。

「川のほうだ」

源太郎が走った。藤十郎も追う。

堂島川と土佐堀川が合流したあたりに、数人の人影が見えた。

「待て」

源太郎が大声を張り上げた。

数人の影がさっと散り、ひとりの影がくずおれた。

「徳太郎さん、だいじょうぶですか」

藤十郎が近づくと、ひぇえっと悲鳴を上げ、徳太郎は這いずって逃げようとした。

「どうした？　助けにきたのだ」

源太郎が声をかけた。

「徳太郎さん」

藤十郎も声をかけた。

徳太郎は血ばしった目で、藤十郎を睨んだまま口を喘がせた。言葉にならない。

「さあ、手を」

藤十郎は徳太郎を起き上がらせようとした。だが、藤十郎が差し出した手を振り払った。

「私を殺そうとしたくせに」

「殺そうとした？」

藤十郎ははっとした。

「今の連中はなんと言ったのです？」

「藤十郎に頼まれたと」

「やはり。そうか」

藤十郎は顔をしかめた。

「徳太郎。あの連中が言ったことは嘘。おまえさんを殺そうとしたのは藤十郎どのではない」

源太郎が説き伏せるように言う。

「嘘だ」

「わざわざ依頼人の名を言う奴がいるか」

「でも」

「おまえさんは利用されていたんだ」

「利用？　誰に？」

徳太郎の興奮が少し治まってきた。ようやく自力で立ち上がった。

「徳太郎さん。おそのさんのことで、お話があるのです」

藤十郎は語りかける。

「今さら話なんて」

「はっきり言いましょう。私とおそのさんは許嫁ではありません。祝言はしません」

「嘘だ」

徳太郎が叫ぶように言う。

「おそのさんからも、そう聞いた。家同士で決めた縁談だと」

「あなたは、その話を最初は誰から聞きましたか」

「鴻池の人間からだ」

「あなたと親しいひとですか」

「いや」

「なんで、あなたにそのことを知らせたのでしょうか」

「私に同情してのことだ」

「そうでしょうか」

「どういうことだ？」

「その者はこう言いませんでしたか。脅せば、藤十郎はおそのさんを諦めると。相手を殺してでもおそのさんを手に入れるという覚悟を見せろと。どうですか」

「…………」

徳太郎は唖然としている。

「どうですか」

「そうだ」

「あなたをそそのかしたのは誰ですか。それは、吉弥という男では？」

徳太郎の表情が動いた。

「やはり、そうなんですね」

「いったい、どういうことなんですか。私には何がなんだかさっぱりわからない」

徳太郎はいらだったように言う。

「鴻池の一部のひとたちと思いますが、ある事情から私を殺そうとしているのです」

「………」

「おそのさんと私の縁談を持ちかけて、私を大坂に呼び寄せました」

藤十郎はその経緯を話した。

「あくまでも、私を殺したのは鴻池ではなく、あなただということにしなければならなかったのです。そうでなければ、私の身内が鴻池に仕返しを目論むからです。あなたなら、女の奪い合いの末の争いとして処分できる」

「信じられない」

「よく聞け、徳太郎」

源太郎は口をはさんだ。

「きょうの昼間、藤十郎どのは浪人者の集団に襲われた。頭目格の浪人はこう言った。徳太郎に頼まれたとな」

「なんですって」

「もし、藤十郎どのが殺されていたら、下手人としておまえさんが捕まっただろう」

「げっ」

徳太郎が悲鳴を上げた。

「そうしないと、江戸への言い訳が立たぬから、鴻池はおまえさんを生贄にしようとしたんだ」

「信じられません」

「鴻池の一部の人間の仕業です。おそのさんもその犠牲になっている。おそのさんを助けてやることです」

藤十郎は諭した。

「いつまでもここにいて、向こうが仲間を引き連れてきたら面倒だ。さあ、帰ろう」

源太郎は徳太郎に言う。

「これからどうしたらいいのでしょうか」

天神橋を渡りながら、徳太郎がぽつりと言った。

「おそのさんと話し合うことです。おそのさんを守ってやれるのはあなたしかいません」

「でも、また、私が狙われるんじゃないですか」

「もう、その心配はありません。私がすべてを知った今、あなたの口を封じる必要はありませんから」

高麗橋通りに入り、徳太郎を家に送り届けた。

徳太郎の身に危険が及ばぬよう、鴻池にはっきりと、おそのとの決別を伝えるべきだと、藤十郎は考えていた。


翌日、今橋にある鴻池本家を訪れた。

客間で、善右衛門と佐五郎に会った。

「佐五郎どのからお聞き及びのことと存じますが、きのう、徳太郎どのの依頼を受けた浪人たちに襲われました。聞けば、徳太郎どのはおそのどのの許嫁だったとのこと。ならば、徳太郎どののお気持ちもわかろうというもの」

善右衛門も佐五郎も厳しい顔をしている。

「おそのどのにそのようなお方がいると知った以上、私はおそのどのと結ばれるわけには行きませぬ。どうぞ、この話はなかったことに」

「まことに残念です」

善右衛門が呟くように言う。

「このたび、大坂に来て、鴻池どのの威勢を目の当たりにして感嘆仕りました。このことは江戸に帰り、『大和屋』の当主によく申し伝えます」

「そうか。では、もう江戸に帰られるのか」

「はい。もう二、三日、大坂を見てまわってからと思っております」

その二、三日は、大瀬竹之丞や掏摸の半助の調べに当てるつもりだった。もちろん、場合によってはもっと滞在期間が延びるだろう。

「では、最後の日は別れの宴を催そう」

善右衛門の顔はにこやかだが、目は険しい。

「ありがとう存じます。ところで」

藤十郎は口調を変えた。

「この春、江戸にて役者の大瀬竹之丞が自害をいたしました。聞くところによると、竹之丞は大坂に滞在した折り、新町の遊廓で遊び、喜多尾太夫という遊女と懇ろになったと聞きました。ところが、ふたりは心中を図り、喜多尾太夫だけが死に、竹之丞は助かったということです。鴻池の分家のご主人が遊廓に金で話をつけ、喜多尾太夫を病死として処理をし、竹之丞はお咎めなしになったとか、このことは事実でございましょうか」

「そこまで知っておいででしたか」

佐五郎が口を開いた。

「そのとおりでございます。善右衛門さまが分家の主人に言いつけ、大事にならないようにいたしました」

「なぜ、善右衛門さまが？」

「竹之丞さんを新町に招いたのは鴻池ですから、ふたりが心中に走った責任の一端は鴻池にあると考えたからです」

佐五郎は厳しい顔で答える。

「その分家のご主人とはどなたでございますか」

「庄右衛門さまです」

「庄右衛門……」

酒宴で最初に挨拶にきた分家の主人だ。四十前の渋い顔をした男だ。

「竹之丞さんを新町にお誘いしたのも庄右衛門さまでした。庄右衛門さまは芸事に造詣が深く、歌舞伎役者の後援もしております」

佐五郎が話す間、善右衛門は眠そうな目で庭を眺めている。だが、こっちに注意を向けているのに違いない。

「庄右衛門さまも、竹之丞さんが喜多尾太夫とあのような仲になるとは想像もしていなかったのです。二回目からは、竹之丞さんはひとりで喜多尾太夫に会いに行ったそうです」

「そうだとしても」

藤十郎はそこで少し間を置き、善右衛門と佐五郎の顔を交互に見て、

「竹之丞は喜多尾太夫と、なぜ心中を図らねばならなかったのでしょうか」

と、迫るように言った。

「さあ、竹之丞さんの思いはわかりません」

佐五郎は微かに口許を歪めた。

「竹之丞が江戸に帰る日が近づき、別れがつらくなったからだという話も聞きましたが、これが心中の理由とはとうてい思えません」

「さあ、どうでしょうか」

佐五郎は曖昧に答え、すがるように善右衛門に顔を向けた。

善右衛門が眠そうな目を藤十郎に向けるとかっと見開き、

「今さら何を言っても、死んだものが生き返ることはない。このことは、それ以上考えても仕方ない。藤十郎どのも静かになった水面(みなも)に石を投げ込むような真似はやめたほうがよかろう」

と強い口調で言い、急に元の穏やかな表情になって、

「藤十郎どの。せいぜい、大坂の最後を楽しまれよ」

「はい。それではこれにて」

藤十郎は挨拶をして、廊下に出た。内庭をはさんで向かいの廊下に、おそのが立っていた。

藤十郎は駆け寄っていきたかった。だが、堪えた。

「おそのさん。徳太郎さんと仕合わせに」

藤十郎は心の中で言葉を発した。

その声が届いたかのように、おそのが何か言いたそうに口を開いた。だが、声が聞こえるはずはない。

やがて、おそのは逃げるように部屋に駆け込んだ。

鴻池本家を辞去してからも、藤十郎の脳裏におそのの顔が焼きついていた。だが、いつしか、藤十郎からの手紙を読むおつゆの姿になっていった。

第四章　喜多尾太夫

一

昼下がり、藤十郎は天神の甚八の案内で、船場から西堀川にかかった新町橋を渡り、新町の廓に入った。

瓢箪町（ひょうたんまち）筋を歩きながら、藤十郎は豪壮な揚屋（あげや）に目を瞠（みは）った。

「吉原より豪華だ」

藤十郎は思わず口にした。

「へえ。なんとかって書物に、京の女郎（じょろう）に江戸吉原の張りを持たせ、長崎丸山の衣装を着せて、大坂新町の揚屋で遊びたいって書いてあるそうです」

甚八は少し得意そうだ。

客は揚屋に上がり、置屋から遊女を呼ぶのである。二階建ての長い建物が並んでいる。

「揚屋に呼べる遊女は太夫と天神だけです」

遊女には位があり、最も格が高いのが太夫、次に天神である。

大名や豪商、ときには公家やそこに連なる者たちをも相手にしなければならず、太夫は歌舞音曲、茶道、華道、香道、俳諧、和歌などの素養を身につけていた。喜多尾太夫は、その太夫の中でも優れた遊女だったという。

「こんな揚屋に上がれるのはお大尽だけです。あっしらみたいのは端女郎だけです」

最も下の位の遊女を端女郎と呼ぶ。

「半助も端女郎と遊んでいたようです」

「馴染みはいたのでしょうか」

藤十郎は金の使い道を考えた。半助は鴻池を脅して金を奪ったのではないか、と想像している。

「さあ、入れ込むほどの馴染みがいたかどうかはわかりません」

甚八は小首を傾げた。

ひと通り廓内を歩き、甚八は喜多尾太夫がいたという置屋に足を向けた。

こぢんまりした置屋だった。そこの女将に訊ねると、やはり小糸もいた。

「私は鴻池善右衛門どのの屋敷でお会いした藤十郎と申します。小糸さんを呼んでいただけませんか」

元は遊女だったと思える色っぽく風格のある女将は、いやな顔をせず、にこりと笑って、土間で待つように言う。

「すみません」

藤十郎と甚八は土間に入った。

しばらくして、先日の小糸が浴衣姿で現われ、あっという顔をした。

「押しかけて、申し訳ありません」

「いえ」

「小糸ちゃん。そこのお部屋、使いなさい」

女将が親切に声をかける。

「どうぞ」

小糸が上がるように促した。

「あっしは外で待ってます」

甚八は遠慮した。

「では、四半刻（三十分）ほど」

甚八に言い、藤十郎は部屋に上がった。

案内されたのは、裏庭に面した部屋だ。陰気な感じなのは殺風景なせいだ。角に桶や手拭いが置いてあるので、もしかしたら病に罹った遊女や芸子を養生させる部屋かもしれない。

小糸は遠慮したように少し離れた場所に座った。

「大瀬竹之丞と喜多尾太夫のことを教えていただけますか」

藤十郎が切り出した。

「なにを？」

「どこで、心中をしたのですか」

「『吉田屋』『茨城屋』と並ぶ高級な『三村屋』という揚屋です。その離れの格上の座敷でした。『三村屋』の女将さんが様子がおかしいので座敷に入ったら、喜多尾太夫が喉から血を流して死んでいて、傍で竹之丞さんが短刀を持って茫然としていたそうです」

小糸は顔を曇らせた。

「女将さんはすぐに庄右衛門さんを呼んだそうです。庄右衛門さんも『三村屋』にいたそうです。それで、庄右衛門さんは女将さんに指図して心中をなかったことにし、医者にも口止めをして喜多尾太夫を病による急死ということに……」

「そのとき、竹之丞さんは短刀を握っていたのですか」

「そう聞いています」

藤十郎はまがまがしい光景を思い浮かべて顔をしかめ、

「ふたりは心中するほどほんとうに好き合っていたのでしょうか」

と、疑問を口にした。

「はい。太夫から竹之丞さんとのことは聞いていました」

「なぜ、心中を？」

「………」

「江戸に帰る竹之丞さんと別れることに耐えられないという理由は、どうも受け入れ難いのです。教えてください」

「太夫に身請け話があったのです」

「どなたですか」

「………」

「口止めされているのですね」

小糸は頷いた。

「でも、大瀬竹之丞は死にました。自害です」

小糸は俯いたまま、

「太夫から聞いたのは、鴻池庄右衛門さまです」

「鴻池分家の庄右衛門どのですか」

「はい」

「庄右衛門どのが喜多尾太夫を身請けしようとしていた。ところが、竹之丞とわりない仲になったということですか」

「はい。それで、おふたりは苦しんでいたのだと思います」

藤十郎は何かしっくりしない。それなら、なぜ、庄右衛門は竹之丞と喜多尾太夫を引き合わせたのだろうか。

しっくりしない最も大きな理由は、竹之丞が心中を図ったということだ。さらに、相手だけ殺して自分が助かるという卑怯(ひきょう)な真似をしたことが信じられない。心中するなら、自分の体になぜ短刀を突き刺さなかったのか。

「喜多尾太夫は、それほど庄右衛門どのに身請けされるのを嫌がっていたのですか」

藤十郎は庄右衛門がそんなに女に嫌われるような男には思えなかった。渋い風貌の、遊び馴れていてあかぬけた男のようだ。

「庄右衛門どのに身請けされると、もう竹之丞に会うことはできなくなる。それならば、死んだほうがましだと思ったのですね」

「そうだと思います」

鴻池が絡んでいることを秘するために、竹之丞が江戸に帰って二度と会えなくなるのに耐えられないという筋書きを用意したのか。

小糸は、まだ何か言いたそうだった。

「何か」

「いえ」

あわてて首を横に振る。

「小糸さん。なんでも構いません。教えていただけませんか」

「じつは、ほんとうに身請けするのは庄右衛門さまではなくて西国のお大名……」

小糸の言葉が途絶えた。

振り返ると、襖が少し開き、女将が顔を見せた。が、何も言わずに立ち去った。

「小糸さん、西国の大名が喜多尾太夫を身請けしようとしたのですか。では、庄右衛門どのは……」

あっと、藤十郎は気がついた。庄右衛門は喜多尾太夫を物のようにその大名に献上しようとしたのではないか。何かの見返りを求めて。

見返りに鴻池は何を期待したのか。鴻池は何を企んでいるのか。その大名の名がわかれば推し量ることができるかもしれない。

「小糸さん。西国の大名とはどなたですか」

「すみません。私が叱られます」

女将は小糸がよけいなことを言わないように見張っているのだろう。

「せめて、手掛かりなりとも」

藤十郎は頼んだ。

小糸は立ち上がり、襖の傍に行き、外の様子を窺った。そして、戻って来て、

「西の大門を出て、しばらく行くと野原に出ます。そこに小さな祠がありま す。明日の暮六つ（午後六時）に信頼のできる男衆に手紙を持たせます。そこに大名の名を書いて

おきます。どうか、それで勘弁してください」

　小糸は辛そうな表情で言う。

「小糸さん。すまない」

「いえ」

「では、明日の夜、お待ちしています」

　藤十郎は約束し、外に出た。

　竹之丞は鴻池のやり方に反発を覚え、いっしょに死のうとしたのだろうか。しかし、そうだとしたら、なぜ自分は死ななかったのか。

　喜多尾太夫を刺したあと、怖くなったのだろうか。

　甚八が待っていた。

「どうでしたか」

「あの家では満足に話ができないようでした。それでも、おおよそのことはわかりました。西の大門を出た先の野原に小さな祠がありますか」

「そういえば、朽ちかけた祠があります」

「そこに、小糸さんがこっちが知りたいことを記した手紙を、男衆に届けさせてくれるそうです」

　藤十郎は西国大名への貢ぎ物の話をした。

「ひとをなんだと思っているんでしょうね」

甚八は憤慨した。

「藤十郎さま。この辺りが端女郎のいる店です」

下級の女郎は、置屋から揚屋や茶屋に呼び出されるのではなく、店に居ついている。客がその店に上がり、狭い部屋で女郎と過ごすのだ。

「半助もこの辺りに通っていたんでしょうね」

藤十郎は間口の狭い店が並んでいるのを見ながら言う。

「待てよ」

甚八が急に立ち止まった。

「あの店を見て、思い出しました。いつか、半助はこれから『花影屋(はなかげや)』に行くと言っていたことがあるんです」

確かに前方の店の戸口に『花影屋』という提灯(ちょうちん)が下がっている。

「念のために当たってみましょうか」

甚八が『花影屋』に向かった。

遣り手婆(やりてばば)のような年配の女が土間にいた。

「いらっしゃい」

女が相好を崩す。

「客じゃねえんだ」

甚八が言うと、女は急に不機嫌になった。

「ちょっとききてえことがあるんだ」

甚八は女に銭を握らせた。

女の表情が愛想よく変わった。

「なんだい？」

「ここに、半助って男が客で来ていたと思うが、心当たりはねえか」

「ああ、知っている。よく来ていた。そういやあ、最近は顔を見ないね」

「誰か馴染みでもいたのかえ」

甚八がきく。

「お久って妓に会いに来ていたね」

「お久か。会いたいんだが会えるかえ」

「花代をいただけるんなら」

「遊ぶわけじゃねえ。話をしたいだけだ」

「じゃあ、だめだね」

「ちっ、いくらだ？」

「まさか、ふたりで上がるんじゃないだろうね。だったら、ふたり分、もらうよ」

「ちゃっかりしてやがる」

甚八は顔をしかめ、

「じゃあ、案内してくれ」

「お久」

女が奥に向かって声をかけた。

瘦せた女が出て来た。二十二、三歳の頰がこけた女で、色は浅黒い。

「おまえに聞きたいことがあるそうだよ。花代はもらってあるからね」

「はい。どうぞ」

さっきのやりとりは奥にいても聞こえていたのだろう。

お久のあとに従い、藤十郎も狭い梯子段を上がって四畳半の部屋に入った。

「話ってなんですか」

気だるそうに座る。

「半助のことです」

「ですから、半助さんの何がききたいんですか」

「念のために訊ねますが、あなたの知っている半助さんの特徴は?」

藤十郎は確かめた。

「目は小さくて鼻が大きい。えらの張った顔だったわ。二十七、八歳ね」

「わかりました」

半助に間違いない。

「江戸に行くと言っていたけど、今どうしているのかしら」

お久は畳に目を落とす。

「半助は死にました」

「死んだ？　半助さんが」

お久が弾かれたように顔を上げた。

「ええ。江戸で、殺されました」

「まあ」

お久は口をあんぐりと開けた。

「誰に殺されたのですか」

「わかりません」

鴻池だとはっきりしたわけではない。

「なんで江戸に行くのか、話していませんでしたか」

藤十郎が改めてきく。

「いえ、なにも」

お久は激しく首を横に振る。

「何か知っているんじゃありませんか。半助さんの仇を討つためです。些細なことでも構いません。教えてください」

「ひょっとしたら……」

迷っていたようだが、お久はようやく顔を上げた。

だが、すぐには口を開かない。

「さあ、仰ってください」

藤十郎はお久の青ざめた顔を見た。

「あのひとは、あたしの妹を助けてくれたんです」

「妹？」

「あたしは五人姉弟の長女でした。家は貧しく、いつも弟や妹たちはひもじい思いをしていました。そんな家族のためにあたしはここに身を売ったんです。でも、いっときはよかったんですが、おとっつぁんが怪我をして寝たきりになってしまって……」

お久は大きく息を吐いてから、

「あたしの稼ぎじゃ、おっつきません。いつしか借金が膨らんで、今度は妹が身を売らなければならなくなってしまいました。その話を半助さんにしたら、俺に任せろって」

お久はやりきれないように頭を振り、

「まさか、ほんとにお金を用意してくれるとは思いませんでした。百両を目の前に差し出してくれたんです」

「百両か」

「どうしたのかときいても、ただ心配ないというだけで、どうやって手に入れたのかは教えてくれませんでした。あたしは手を合わせて、そのお金を妹のために使わせていただいたんです」

「半助は、おまえさんの妹を知っていたのかえ」

甚八が口をはさんだ。

「いいえ。私の話だけです」

「それなのに、百両を用立てたのか」

「はい」

「おまえさんに心底惚(ほ)れていたのかもしれねえな」

甚八はしんみり言う。

「半助さんの死んだお姉さんにあたしが似ているんですって。だから、あたしを身請けしてくれるって言ってました。そのとき、あたしの身請けより、妹を助けて欲しいって言ったんです。半助さんは、それで……」

百両は鴻池から強請(ゆす)りとったのであろう。いったい、鴻池のどんな弱みを握ったのか。

「そのお金を、半助さんがどうやって手に入れたかは聞いていないのですね」

「はい。でも、まっとうなお金でないことはわかりました。しばらく江戸に行ってくると聞いたとき、私は身を隠すのだと思いました」

「何か、思いあたることはありませんか」

「わかりません」

「去年、『三村屋』で喜多尾太夫が亡くなりましたね」

「ええ」

「半助さんは、その話をしていませんでしたか」

「していました。そういえば」

お久は何かを思い出したように、

「喜多尾太夫は病気じゃないって言ってました」

「半助はそう言っていたのか」

甚八がきき返す。

「そうです。思い出しました。その話のあとで、あたしを身請けできるかもしれないって言い出したんです。だから、あたしより妹を助けてという話になったんです」

お久は身を乗り出し、

「半助さんと、喜多尾太夫のことは何か関わりがあるのですか」

「さあ、どうでしょうか」

藤十郎は曖昧に答えたが、関わりがあったのだと考えざるを得なかった。やはり、竹之丞の心中未遂には何か秘密があるのだ。

明日の夜、小糸からの文を見れば、なにかわかるかもしれない。

「お久さん。お邪魔しました」

藤十郎は礼を言って立ち上がった。

「半助さんを殺した人間を見つけ出してください」

お久に向かって、藤十郎は大きく頷いた。

新町遊廓を出てから、藤十郎は甚八に頼んだ。

「念のために、お久の話がほんとうかどうか、実家を調べていただけませんか」

「わかりました。さっそく亀吉にやらせます」

そう言うと、甚八は藤十郎と別れて行った。

二

藤十郎は堂島にある質屋『宝来屋』を再度、訪れた。

恰幅のよい主人は藤十郎の顔を見て、顔をしかめた。

「ご主人、また、お願いに上がりました。どうしても、大瀬竹之丞が預けた品物を見たいのです」

　藤十郎は頭を下げて頼む。

「できませんと申し上げたはず」

「ご主人が、買い主のところに出向かれ、文箱を改めていただくわけにはまいりませんか」

「そんな暇はございません」

　主人は頑(かたく)なだった。

　文箱は二重底になっていて、そこに手紙が隠されているのではないか。藤十郎はそう考えている。

「何度、来られても無駄です。私どもは信用を売っております。どうぞ、お引き取りください」

　主人はにべもなかった。

「わかりました」

　諦めるしかない。

　そのとき、背後で声がした。

「宝来屋。ずいぶん、依怙地だな」

　その声に振り返り、藤十郎はあっと声を上げた。

如月源太郎だった。

「あなたさまは、もしや……」

「そうだ。久し振りだな、宝来屋」

「これは……」

主人はうろたえた。

「藤十郎どの。この宝来屋とは以前にちょっとしたことで知り合ったんだ。宝来屋。俺は今江戸でこの藤十郎どのの厄介になっている。俺の主人の頼みを聞き入れてくれたようだが、俺の勘違いか」

「………」

「藤十郎どの。すまないが、先に帰っていてくれないか。少し、この主人と昔話がしたいんだ」

何か目論見があるようだ。

「すみません。頼みました」

藤十郎は店を出た。

やはり、源太郎は大坂で何年か過ごしたことがある。そのときに、『宝来屋』とも関わりがあったのだろう。

少し離れた辺りで待った。商人体の男に武士が激しい剣幕で何か叫び、米俵を積んだ大八車が通行人を蹴散らすように走っていった。

ほどなく、源太郎が出て来た。

「話はついた。預かってくるそうだ」

源太郎はこともなげに言う。

「助かりました」

「たまたま、知り合いだったのでな」

以前、『宝来屋』に行くと話したとき、源太郎は何か期するような素振りを見せた。このことだったのかもしれない。

どういう知り合いかはきかなかった。源太郎はどこぞの大名家の蔵役人だったのであろう、そして宝来屋とはそのころの縁に違いない。

いずれにしろ、源太郎のおかげで竹之丞が預けた文箱を調べることができる。

「それにしても、よくわかりましたね」

「新町に行くというので、用心してな。あのような場所は鴻池の息がかかっているものだ」

「確かに」

ふたりは堂島川に向かう。

「で、何かわかったのか」

「小糸に会ってきました」

子細に話をした。

蔵屋敷を眺めながら、

「西国の大名か……」

源太郎は不審そうに呟く。

「何か」

「遊女を貢ぎ物にもらって喜ぶ大名とは誰だろうと思ってな。それに、女が死ぬほど嫌というのはよほど薄気味悪い大名だ。いったい、誰だろう」

「仰る通りです。ですから、果して、ほんとうに心中だったのか」

藤十郎も疑問を投げかける。

「なるほど、そこまで疑っているのか」

「ともかく、明日の夜です」

小糸の手紙を見てから、もう一度考えればいいと思った。

夜になって、宿に亀吉がやって来た。

部屋に入るなり、亀吉は口を開いた。

「天王寺にあるお久の実家に行ってまいりました。お久の言うとおり、間違いありませんでした。妹は十六歳。去年、京の島原に売られることになってました。ところが、姉が借金をすべて返済し、妹を助けたって長屋の者たちが話していました。今は、妹は商家の女中奉公に上がり、弟たちも蜆売りをして母親を助けているようです」

「ごくろうでした」

藤十郎は亀吉をねぎらった。

「三太。亀吉さんの夕餉も支度できるか、きいてきなさい」

「へい」

三太は部屋を出て行く。

「すみません」

亀吉が恐縮する。

すぐに三太が戻って来た。

「だいじょうぶだそうです」

しばらくして、女中が膳を運んできた。

「亀吉さん、まあ、いっぱいやろう」

六助が銚子を持って、亀吉の湯呑みに酒を注いだ。

「すまねえ」

亀吉はうまそうに酒を呑む。

「半助さん、お久って遊女の妹を助けるために、鴻池から百両を脅し取ったってわけですかえ。ずいぶん、思い切ったことをしたものだ」

六助がため息をつく。

「いったい、どんな弱みを握ったんでしょうか。百両も出したんですから、鴻池にとっちゃたいへんなことだったんでしょうね」

三太も応じる。

「竹之丞と喜多尾太夫の心中事件に関わることは間違いない」

藤十郎は言いきった。

その間、源太郎は黙って酒を呑んでいる。

夕餉を終えたあと、

「六助に三太。たまには遊んできたらいい」

「へえ」

六助と三太は顔を見合わせる。

「亀吉さん。ふたりをどこぞに案内してやってくれ」

藤十郎は懐から財布を出し、

「三太、これを三人の軍資金にしろ」

と、大坂で流通している一分銀二枚と二朱銀四枚を渡した。

「よろしいんでしょうか」

　三太は恐縮してきく。

「遠慮するな」

「はい」

　亀吉も六助も喜んだ。

「曾根崎新地あたりは、どうなんだ？」

　六助が亀吉にきく。

「ともかく出かけよう」

　三人は勇んで出て行った。

「如月どのも出かけてきたらどうですか」

　藤十郎は声をかける。

　数日前から、源太郎はこの旅籠に移ってきていた。

「いや。俺にはそなたを守るという仕事がある。遊びに行くのはまだ先のことだ」

「この地に、親しいお方もいらっしゃるのではありませんか」

　藤十郎は源太郎の顔色を窺った。

「昔のことだ」

「忘れたわけではないのでしょう」

「どうかな、自分でもわからん」

源太郎には思いを寄せる女がいたのではないか。浪人になって、その女と別れたのであろうか。藤十郎はそう推量している。

「藤十郎どのこそ、おそのさんとはいいのか」

「おそのさんには徳太郎どのがいます」

「あの女子(おなご)はそなたを好いている。結ばれぬ定めとわかっていよう。せめて、会ってやったらいいと思うがな」

「私には……」

「おつゆどのがいると言うのだろう。わかっている。だが、ここは大坂だ。まさか、遠い地にいてもおつゆどのといっしょだと思っているわけではあるまいな」

「私にはやらねばならないことがあります」

竹之丞の心中未遂に鴻池が絡んでいる。その真相を知ることは、鴻池の企みを知ることでもある。

「竹之丞が喜多尾太夫と恋仲になったのは間違いないのか」

「おそらくは」

「しかし、竹之丞は妻女もおり、情人(いろ)もいた。それなのに喜多尾太夫と……」

源太郎は呆れたように言う。

「それが役者の性なのかもしれません」

「しかし、それなら妙だな」

「何がです？」

「いくら喜多尾太夫がいい女であろうと、役者の竹之丞が心中しようと思うほど心を奪われるだろうか」

「確かに、そのとおりですね」

「また、喜多尾太夫にしてもそうだ。そんなに嫌な相手ならはっきりと拒めばいい。喜多尾太夫にも太夫としての誇りはあったはず」

「………」

微かに抱いていた疑問を、源太郎がはっきりと口にした。

「好きな男と心中など、並の遊女のすることではないか。男にとって憧れの的である太夫にしてはいささか短慮だ」

「如月どのはどう思うのですか」

「わからぬ。しかし、単なる心中ではない。竹之丞にしろ、喜多尾太夫にしろ、そんなことで死ぬようなふたりとは思えぬ」

「確かに、仰る通りです。新町の揚屋『三村屋』の奥座敷で何があったのか。同じ日、『三村屋』には鴻池の分家の主人庄右衛門が来ていました。女将の知らせに駆けつけて、その座敷で何を見たのか」

喉を掻き切られた喜多尾太夫と短刀を持った竹之丞の姿だったとは思えない。だが、その後は庄右衛門の筋書きにしたがって事は進められた。

喜多尾太夫は病死として始末された。竹之丞は喜多尾太夫が死んで、芸に精彩を失くした。大坂の舞台でも、江戸に帰ってからも芝居は不評だった。芸の行き詰まりを苦に自害した。

しかし、本当に竹之丞を苦しめたのは芸の行き詰まりではないだろう。喜多尾太夫の死だ。竹之丞を苦しめる何かがあったのだ。

そこに新たに登場するのが、西国の大名である。庄右衛門が喜多尾太夫を貢ぎ物にしようとした。

「ともかく、西国の大名の名がわかれば……」

「おそらく、大坂に蔵屋敷のある大名だろう。だが、俺の知る限りでは喜多尾太夫に毛嫌いされるような大名はいないのだが……」

源太郎は不思議そうに言う。

「いずれにしろ、新町は鴻池の息がかかっています。鴻池の意向には逆らえません。だから、新町で聞き込みをしてもほんとうのことを聞き出すことはできますまい」

「小糸はだいじょうぶなのか」

「だいじょうぶだと思います」

「明日だな」

源太郎は立ち上がった。

「どうしました？」

「いや、思いだしたことがある。ちょっと出かけてくる」

源太郎は出かけて行った。

四つ（午後十時）をまわって、三太と六助が帰って来た。だが、源太郎は戻って来なかった。

三

翌朝、藤十郎は源太郎の寝床を見たが、寝た形跡はない。やはり帰らなかったのだ。

いったい、どこに行ったのか。

朝餉のあと、六助が声をかけてきた。

「藤十郎さま」

湯呑みを持ったまま、藤十郎は六助に顔を向けた。

「ゆうべ、新町に行ってきました」

「新町？　曾根崎新地ではなかったのか」

藤十郎は三太に顔を向けた。

「はい。どうせなら、半助が遊んでいたところで、と思いまして、『花影屋』に」

三太が答える。

「ほう、『花影屋』にか」

「へえ。お久には他の客がついていたんで、敵娼は別の女だったんですが。そこで、ちょっと聞き込んだことが……」

六助が声を落とした。

「竹之丞さんの騒ぎの夜のことです。その話を持ちだしたら、じつは、って話してくれたんです。敵娼の馴染み客の話ですが、騒ぎのあったあと、『三村屋』の裏手を通りかかったら鴻池の立派な駕籠が裏口から出て行くのを見たというのです」

「鴻池の立派な駕籠？」

「へえ。その客は鴻池の分家に出入りをしている大工で、鴻池の駕籠だとすぐわかったそうです。問題は、裏口から出て来て、その駕籠のあとをつけて行く男がいたっていうんです」

「駕籠のあとを？」

「へい。その客は、お久の客に似ていたらしいです。半助じゃなかったでしょうか」

「十分に考えられるな。やはり、半助は何かに気づいたのだな。で、その大工の住まいをきいたか。詳しい話を聞きたい」

「それが……」

六助が顎に手をやった。

「どうした？」

「死んだそうです」

「死んだ？」

「へえ、その後、『花影屋』で遊んでの帰り、酔っぱらって道頓堀にはまったってことです」

「………」

「その女が言うには、その夜大工は酔っていなかったって。奉行所の役人が聞き込みにきたときにも、そのことは話したのに、酔っぱらって堀にはまったということになったと憤慨してました」

「妙だな」

殺されたのかもしれない。口封じか。

半助の強請といい、その大工のことといい、喜多尾太夫の死は鴻池にとってもまったく予期せぬ出来事だったのだろう。混乱ぶりが感じられる。

「その大工が死んだのは残念だ」

藤十郎はため息をついたが、鴻池の駕籠の件は収穫だった。

「よく調べてくれた」

藤十郎は六助を労った。

「いえ。三太が、どうせなら『花影屋』に行こうって言ったからです」

「いや、ふたりともよくやった。おかげで、だいぶわかってきた」

おそらく、小糸が寄越してくれる手紙に書かれている人物が駕籠に乗っていたのであろう。それも、今夜わかる。

源太郎は昼になっても、夕方になっても、戻って来なかった。

夕餉のあと、藤十郎は外出の支度をした。懐に匕首を忍ばせる。

「あっしらをお供に」

六助と三太がついてこようとするのを押し止めて、旅籠を出た。

星も出ていないので、提灯を借りた。町中はまだ明かりがあるので、提灯の灯は入れずに、立売堀川沿いを西に向かい、新町遊廓の外側を通って、裏手の門に向かった。途中、藤十郎は提灯に灯を入れた。

新町遊廓の西門の前に出て、そこから遊廓と反対の方向に向かう。人家が途絶え、やがて寂しい場所に出た。

提灯の明かりで足元を照らして行くと、小糸の言っていた小さな祠が見えてきた。その前で立ち止まり、振り返る。

かなたに遊廓の明かりが見える。虫の音も止み、静寂が襲い掛かる。

半助は『三村屋』の裏口から出て、駕籠をつけたという。『花影屋』からの帰りだった半助が、なぜ『三村屋』にいたのか。

微かな物音がした。気配は四方から迫ってくる。やはり、来たか、藤十郎は下腹に力を込めた。

一人、二人、三人、藤十郎は気配から敵の人数を数えた。十人ぐらいいそうだ。十人で思い浮かぶのは、鴻池新田にいた野良着姿の屈強な連中だ。もちろん、今は黒装束だろう。

「鴻池新田で会った者だな」

藤十郎は迫ってきた黒い影に声をかけた。

先頭の影が無言で刀を抜いた。

藤十郎は息を吹きかけ、提灯の灯を消した。闇が訪れた。だが、空はそれほど暗くない。影の動きがわかる。

裂帛（れっぱく）の気合で、長身の影が斬り込んできた。横っ飛びに逃れながら、藤十郎は匕首を抜く。背後から別の影が斬りつけてくる。身を翻して襲ってきた刀を避けるや、踏み込んで相手の二の腕に匕首の切っ先を当てた。

うっと呻いて、相手は剣を落とす。休む間を与えずに、襲ってきた別の影に踏み込み、剣を持つ相手の手首を左手で掴む。あわてた相手の二の腕に匕首の切っ先を向けた。その影も刀を落とした。さらに三人目の影目掛けて匕首を投げると、またもその影の二の腕に突き刺さった。

敵が動揺する間に、藤十郎は素早く落ちていた剣を拾った。

「さあ、遠慮せず、かかって来い」

藤十郎は正眼に構えて鋭い声を発する。

激しい気合で、新たな影が上段から斬りつける。藤十郎は相手の剣を鎬で受けとめ、鍔迫り合いになってから相手を突き放すと同時に、相手の二の腕を斬った。相手はたまらず、剣を落とし、うずくまった。

「吉弥どのはいるか」

剣を下段に構え、藤十郎は残っている影に問いかけた。

暗がりから着流しの男が現われた。

「藤十郎。こんなに世話が焼けるとは思わなかったぜ」

「やはり、そなただったな」

吉弥だった。

「ここに誘き出すのも計算のうちだったのか」

「なんのことだ？」

「鴻池新田の襲撃に失敗した場合にそなえ、小糸に言い含めておいたのではないか。小糸を私に近づければ、小糸から事情をきき出そうとするだろうことは織り込み済みだったというわけだ」

「何か勘違いなさってますな。私がやろうとしているのは鴻池とはまったく関わりないこと」

「ほう、そなたの独断だというのか」

「そうです」

「理由は？」

「おそのさんですよ。私はおそのさんをあなたに取られたくない。それだけのこと」

「へたな言い訳だ」

「あなたがどう思おうと、私にとってはあなたが目障りなのです。藤十郎さん。死んでもらいますぜ」

火縄の匂いがした。

吉弥の背後から火縄銃を構えた男が現われた。ふたりだ。二丁の火縄銃が藤十郎を狙っていた。

「ここで私を殺したら、鴻池の仕業だとわかってしまうのではないか」

「その心配はない。奉行所がいいように手を打ってくれるはずです」

「小糸が言っていた、西国の大名の話は嘘か」

「さあな」

「江戸で半助を殺したのはそなただな」

「なんのことか」

吉弥はとぼけた。

「半助は、喜多尾太夫の死の秘密を掴んで、鴻池を強請った。違うか」

「御託を並べるのは、それまでだ」

火縄銃を構えたふたりが前に出て銃口を向けた。

「そこまでだ」

突然、大音声が響いた。

同じように火縄銃を構えた裁っ着け袴の男たちが両側から吉弥たちをはさむように現われた。五人いた。

やがて、声の主が登場した。源太郎だった。

「方々、今、お聞きのように、この者たちは鴻池と関わりない。この連中を撃ち殺しても、鴻池に楯突いたことにはなりもうさぬ」

源太郎は吉弥の前に出て、

「吉弥。おまえたちは鴻池とは関係ない。間違いないな」

と、念を押す。

「…………」

吉弥は憤然としている。

「どうなんだ？　この者たちは堺から来てくれた。鴻池には世話になっているそうだ。だから、鴻池には手出しできぬ。だが、鴻池と関わりないのなら、俺の頼みを聞いて、俺の号令で、一斉に撃つ」

源太郎は銃を構えているふたりに、

「銃を下ろさぬと、まっさきに頭が吹っ飛ぶぞ」

と、嚇した。

あわてて、ふたりが銃口を下げた。

「やめろ。構えていろ」

吉弥がふたりを叱咤する。

「おまえたち」

源太郎が再び大声を出した。

「鴻池に関わりある者は、この場から去れ。残った者は鴻池と関わりない不逞の輩として撃ち殺す」

　火縄銃を構えた裁っ着け袴の男たちがさらに迫る。

「これまでだ。退(ひ)け」

　黒装束のひとりが叫ぶと、いっせいに賊は踵を返して暗がりに消えて行った。

　吉弥だけが残った。

「他の連中は鴻池だと認めた。こうなったら観念することだ。なぜ、藤十郎どのを襲った？　すべてを白状せよ」

「…………」

「吉弥どの。あなたとて、誰かの命令で動いていたのではないか」

　藤十郎は近寄って問い詰める。

「俺の独断だ」

　吉弥は突っぱねるように言い返す。

「半助を殺したのも独断というのか」

「…………」

「藤十郎どの」

　源太郎が懐から縄を取り出した。

「この男を連れて、明日鴻池の本家に乗り込んだらどうだ。これで縛り上げる」

吉弥が簡単に口を割るとは思えない。

「そうしましょう」

源太郎が手早く吉弥を後ろ手に縛り上げた。

源太郎は、その縄尻を藤十郎に渡し、火縄銃の一団に向かって何ごとか言うと、裁っ着け袴の男たちは引き上げて行った。

「如月どの。助かりました」

「うむ」

「今のひとたちは堺から」

「そう、以前、懇意にしていた堺の鉄砲鍛冶の親方の手の者だ」

「ゆうべ、あれから堺に？」

「ここへの呼び出しは罠だと思った。鴻池新田での襲撃の失敗に懲りての新しい罠だとしたら、同じような襲撃はすまい。堺に近いので、鉄砲を使うと読んだ。だから、こっちも鉄砲を用意した。説き伏せるのに時間がかかり、駆けつけるのが遅くなった」

「間一髪でした。改めて礼を申します」

「いや、藤十郎どののことだ。あの状況でも、危機を乗り越えたであろう」

「危うかったのは間違いありません」

「それより、これからこの男を連れて鴻池に乗り込むか」

源太郎が吉弥に目をやる。

「いえ、小糸の置屋で一晩預かってもらいましょう」

「小糸の置屋？　しかし、あそこは鴻池の手先……。いや、なるほど。あの置屋にゆさぶりをかけるのか」

源太郎は合点して、

「よし、連れて行こう」

吉弥は恨みのこもった目を向けていた。

新町の遊廓を西門から入る。揚屋の並ぶ通りから一歩裏に入ったところにある置屋に着いた。

「小糸さんはいらっしゃいますか」

藤十郎は土間に入った。出て来た女将は藤十郎を見て目を瞠った。

「お座敷に」

女将の声が震える。

「約束の手紙が届かなかったので、どうなったかと思いましてね」

「どんな約束なのか、私はわかりません」

「喜多尾太夫の件です。それと、このひとのことですが」

藤十郎が言うと、源太郎が吉弥を土間に引き入れた。

「あっ」

女将が悲鳴を上げた。

「このひとをご存じですね」

「いえ」

あわてて、女将はかぶりを振る。

「そうですか。では、小糸さんが親しいだけなのですね。すみませんが、このひとを預かっていただけませんか」

「預かる？」

「明日の朝、引き取りにきます。男衆に頼んで、庭の樹に結わえておけばいいでしょう。ただ、小糸さんが逃がすといけないので、小糸さんに注意を向けておいていただきたい」

藤十郎は牽制する。

「さあ、お願いいたす」

源太郎が吉弥を女将に渡そうとした。陰から若い男があわてて出てきて、吉弥を縛っている縄尻を摑んだ。

「では、頼みました」

何か言いたそうな女将を振り切り、藤十郎たちは外に出た。

「逃がす気か」

源太郎がきく。

「どうせ、あの男は何も喋らないでしょう。監禁して舌をかみ切って死なれるより、逃がしたほうがいい」

「そんなもんかな。俺にはわからん」

源太郎は首を横に振った。


新町から旅籠に帰ったのは四つ（午後十時）をだいぶまわっていた。

六助が待ちかねたように、

「さっきまで『宝来屋』の主人が待ってました。もう引き上げましたが、また明日の朝、出直すということです」

「何も置いていかなかったのか」

源太郎が口をはさんだ。

「はい。何か持っていましたが、そのまま持ち帰りました。質草だったのか、ずいぶん大切そうにしていました」

「なるほどな」

源太郎はにやりと笑った。

「あれは高価なものだ。宝来屋にとってはな」

「ひょっとして、あの品物を買ったのは竹之丞の贔屓ですか」

藤十郎は気がついてきいた。

「そうだ。宝来屋は、質流れになった文箱を竹之丞の贔屓客に高値で売ったんだ。竹之丞の愛用の文箱だといえば、いくら高くても買うという客にな。だから、買い主の名を言おうとしなかったのだ」

「そういうわけでしたか」

質屋の良識の問題だと思ったが、藤十郎がたしなめるわけにもいかない。いずれにしても、念願の文箱を検めることができる。

果して、その中に何があるのか。喜多尾太夫の死の秘密が明らかになるものが隠されているのか。

文箱が藤十郎の元に届いたのは翌朝だった。

朝餉を終えたあと、女中が来客を告げた。

そして、『宝来屋』の主人が腰を折りながら、部屋に入って来た。

「失礼いたします」

「宝来屋。朝からご苦労だった。ゆうべ、それを置いていってくれれば、こっちから返しに行ったものを」

源太郎が皮肉な笑いを浮かべ、

「まあ、それだけ高価なものということだろう」

「恐れ入ります」

「さっそく拝見いたします」

藤十郎は品物を預かった。

金箔を施してあるが、驚くほど高価な代物ではない。藤十郎は蓋を開ける。

これを買い求めた客は、おそらく女であろうが、飾っておいただけで実用には供しなかったようだ。

底を指先で叩く。やはり、巧妙にできた二重底であった。藤十郎は何度か試みて、底蓋を外した。

文が納まっていた。

「宝来屋さん。この文は大瀬竹之丞が仕舞っていたものです。これをいただいてよろしいでしょうか」

「はい。どうぞ」

「では、文箱はお返しします」

「宝来屋。その文箱でだいぶ儲けたのではないか」

源太郎が含み笑いをする。

「そんなことはございません」

あわてて宝来屋は言い、

「さっそく、これをお返しに行かねばなりませんので」

と、そそくさと引き上げて行った。

藤十郎は文を開いた。喜多尾太夫から竹之丞に宛てた数通の文だ。やはり、恋文だ。切ない想いを綿々と綴っている。

一通目を見る。手掛かりになるものは記されていなかったが、最後のほうに、「あのお方は虫酸が走るほどに」とあった。

二通目を見る。あのお方の名は書いてない。

三通目を見たとき、藤十郎はあっと目を剝いた。あのお方の名に触れてあった。

あのお方というのは西国の大名か。「あのお方は恐ろしく、異様な性癖があり、明日の夜もお相手をしなければならないと思うと……」

「藤十郎どの。どうした？」

源太郎が身を乗り出した。

藤十郎はその文を源太郎に渡した。

「一条さま……」

文を見た源太郎が啞然とした。

「一条さまとは五摂家の一条家か」

公家の格式の中でも、最高位の五摂家のひとつだ。

「今の当主は実冬どのだ」

源太郎が続ける。

「一条実冬は四十を過ぎているが、奇行で知られているお方だ。だが、かなりの格式で力はある。鴻池はこの一条実冬を喜多尾太夫を使って籠絡しようとしていたのではないか」

「喜多尾太夫が死んだ夜、『三村屋』の奥座敷にいたのは一条実冬だったのかもしれない。鴻池の駕籠で裏口から出て行ったのも一条実冬でしょう。半助はあとをつけて正体を摑んだのです」

藤十郎はやりきれないというように、

「『三村屋』の奥座敷で何が起きたか。喜多尾太夫が死に、一条実冬が駕籠で逃げたことを考えれば、容易に想像がつきます。いやがる太夫を、一条実冬が殺したのです。それを鴻池は病死として隠した。だが、不審を持つ人間がいることを考え、狡猾にも竹之丞との心中事件に偽装した……」

「汚ねえ」

三太が叫んだ。

「半助はそのことで鴻池を脅し、あげく殺されたんですね」

六助が口惜しそうに言う。

「それだけではない。竹之丞は自害に追い込まれた」

「なぜ、竹之丞は自害を？」

源太郎が疑問を投げかける。

「あの夜、竹之丞も『三村屋』にいたのではないでしょうか。喜多尾太夫のことが心配で、別の座敷で待っていた。そこに騒ぎが起こり、竹之丞は現場に駆けつけたのだ。悲惨な光景に、竹之丞は衝撃を受けたに違いありません」

あとから駆けつけた鴻池に真相を秘するようにと脅されたのだろう。その秘密を抱え、心中の噂が立ち、竹之丞は芸に身が入らなくなった。

やがて、恐ろしさに心がぼろぼろになって、竹之丞は死へと突き進んでいった。

「よし。吉弥の様子を見に行こう」

藤十郎は立ち上がった。

源太郎も黙って刀を摑んだ。

四

藤十郎は源太郎とともに、新町の遊廓の門をくぐった。

置屋を訪れ、先夜と同じ陰気な部屋に通されて待っていると、小糸がやって来た。顔が青ざめているのは、このような事態を想像していなかったからだろう。

小糸は藤十郎の前に観念したように座った。

案の定、吉弥は逃げたあとだった。朝起きたら吉弥の姿がなかったと、女将は藤十郎に伝えた。

「吉弥を逃がしたのはそなたか」

藤十郎は静かにきいた。

「いえ」

「では、女将か」

「…………」

返事はなかった。

吉弥が逃げることは想定済みだった。いや、逃がすために、ここに連れて来たのだ。

喜多尾太夫の件では、女将は鴻池からたんまりと金をもらっているに違いない。身請けの金以外に、口止め料もだ。さらには、小糸を使っての藤十郎の誘き出し。

「あの夜、あったことを話してください」

藤十郎は問いつめる。

「ですから、西国の大名……」

「小糸さん」

厳しい声で、小糸の声を遮った。

「この期に及んでまだ偽りを言うのですか。あなたは喜多尾太夫が殺されて悔しくないのですか。女将さんに文句は言わせませんから、話してください」

小糸ははっとしたように、胸に手をやった。

「喜多尾太夫の行き先は西国の大名のところではない。さあ、正直に言うのです」

「それは……」

「あなたは、私を殺そうとしている吉弥の言いなりになって私を騙した。そのことを何とも思っていないのですか」

いきなり襖が開いた。

「おまえさん、なんですか」

女将が血相を変えている。

「これ以上、しつこくするならお奉行所に訴えますよ」

「女将さん。それができますか。そのようなことをしたら、鴻池に迷惑がかかるんじゃありませんか」

「いい加減なこと、言わないでくださいな」

「女将さんは、自分のところで抱えていた太夫が殺されたというのに、ずいぶん寛大でいらっしゃる。鴻池からたんまり金が出ているからでしょう」

「失礼な。許しません。お奉行所に訴えます。誰か」

女将は手を叩いた。

「どうぞ。その代わり、一条実冬どののことが公になりましょう。そんなことになれば、鴻池が許してくれるでしょうか」

「…………」

女将は目を剝いて口をわななかせた。

「許しますまい。一条実冬どのが喜多尾太夫を殺したことが世間に知れたらどうなりましょう。そのことを知りながら、金をもらって下手人を見逃した揚屋の『三村屋』も、世間の非難を一身に浴びることになりましょう。それ以上に、女将さんのこの置屋にも
……」

「女将さん、お呼びで」

廊下に男衆が顔を出した。

藤十郎はその男衆に顔を向けて、

「奉行所まで駆けていただけますか。女将さんが、奉行所の与力を呼んで来てもらいたいそうです」

と、告げた。

「女将さん。奉行所ですね」

男衆が確かめる。

「違う。いいんだ。もういいんだよ」

女将は悄然として言う。

「どうしました？　この機会に、喜多尾太夫の仇を討とうとは思いませんか。いくら五摂家のひとつ一条家の人間だろうが、ひと殺しが許されるはずはありません。喜多尾太夫はさぞかし無念だったはず」

「やめてください」

小糸が突っ伏した。

「向こうに行っておいで」

女将は男衆を下がらせた。

「喜多尾太夫が死んだあと、ふたりの人間が命を落としています。ひとりは大瀬竹之丞です。竹之丞は事件の衝撃から芸に身が入らなくなり、ついに自害しました。もうひとりは、喜多尾太夫の相手が一条実冬どのと知って鴻池を強請った半助という男」

藤十郎は諭すように続ける。

「ひとつの悪事を隠すために、何人も犠牲者を出している。喜多尾太夫は草葉の陰でさぞかし嘆き、恨んでいることでしょう」

女将も小糸も打ち沈んで何も言わない。

「私はあなた方を裁こうなどとは思っていません。ただ、真実を知りたいのです。あの夜、何があったのか」

藤十郎は静かに諭すように促す。

ゆっくり、小糸が顔を上げた。

「あの夜、太夫は一条さまのお座敷に出ました。竹之丞さんが心配して別の部屋で待っていました。私は竹之丞さんといっしょにいました。というのも、太夫は一条さまを怖がっていたからです。かなり、ひどい性癖のあるお方で、太夫の首を絞めたり、太夫の小水を浴びたり……。それに、言うことをきかないと癇癪を起こすそうです。そんなことを聞いていたので、何かあったら竹之丞さんも駆けつけるつもりでいました」

小糸は震えを帯びた声で続ける。

「心配したとおり、奥座敷から悲鳴が聞こえました。竹之丞さんと私は部屋を飛びだしました。駆けつけると、喜多尾太夫が喉から血を流して息絶えていて、傍らには、短刀を持った一条さまが、この女が悪いのだとぶつぶつ言いながら立っていました」

やはり、一条実冬が喜多尾太夫を殺したのだ。

「竹之丞さんは狂ったように喜多尾太夫に取りすがっていました。そこに、鴻池分家の庄右衛門さまがやって来られました。あとは、庄右衛門さまの言うがままに……」

「よく、お話ししてくださいました。喜多尾太夫の供養を忘れずに」

ご供養にと金子を包み、肩を震わせて泣いている小糸と女将を残し、藤十郎は置屋をあとにした。


その足で、藤十郎は今橋にある鴻池本家を訪れた。

藤十郎がやってくることは予期していたようで、すぐに客間に招じ入れられた。源太郎もいっしょだった。

待つほどのこともなく、善右衛門と佐五郎がやって来た。

「なにやら、手違いがあったようだな」

善右衛門が口を開いた。

「手違いでございますか」

「さよう。手違いだ」

「吉弥どのは今、どこに？」

「ある場所に閉じ込めてある」

「それはなぜでございますか」

「嫉妬に狂って、そなたを襲ったからだ」

「私を襲ったのは鴻池新田にいた者たち。吉弥どのに、そのような力がございますか」

「あの者は口が達者だ。そなたを鴻池に害をなすものと言い含めて襲わせたのであろう」

「藤十郎どの」

佐五郎が口をはさんだ。

「吉弥はおそのに懸想をしていました。自分がどうにかできる立場でないことを弁えていながら、嫉妬に狂ってしまった。愚かなことです」

「吉弥どのに、江戸にて半助という男を殺した疑いがかかっております」

「吉弥に半助なる男を殺さねばならない理由はありません」

佐五郎は否定する。

「半助は、喜多尾太夫の件で、鴻池さまから百両を強請りとったとのこと。秘密を知った人間を生かしてはおけないと」

「待て」

善右衛門が鋭い声を出した。

「秘密とはなんだ？」

「喜多尾太夫を殺した真の下手人です」

「なに」

善右衛門が顔色を変えた。

「藤十郎どの。どういうことですか」

佐五郎が目を剝いてきく。

「分家の庄右衛門さまが喜多尾太夫をお公家さまに献上しようとした。太夫はいやがっていたのです。そのお公家さまは異常な性癖の持主だとか」

藤十郎はふたりの顔を交互に見て、

「そのお公家さまは拒絶する喜多尾太夫に腹を立て、短刀で喉を掻き切って殺してしまった……」

「作り話だ」

善右衛門は吐き捨てる。

「いえ、作り話ではありません。その現場を、役者の大瀬竹之丞が見ていました。なぜ、私がこのことを知ったのか、お話しいたしましょう」

ふたりは藤十郎を睨み据えている。

「竹之丞は喜多尾太夫から受け取った手紙を文箱に隠し、ある大坂の質屋に預けていたのです。その手紙を私は手に入れました。そこにお公家さまの名前がしっかり記されております。五摂家のひとつ一条家の実冬さま」

「………」

ふたりは声が出ない。

「喜多尾太夫の筆によるものと、知るひとはすぐわかるでしょう。この一条実冬さまの罪をもみ消したのは分家の庄右衛門さまです」

「それは庄右衛門がやったこと。わしらは知らぬ」

善右衛門が否定した。

「本家に無断で勝手な振る舞いはできないという家訓が、鴻池さまにはおありでは？」

「そうだ。もし、そうなら処罰しなければならない。だが、仮に一条実冬さまが問題を起こされたとしても、その尻拭いをするのは我ら商人の務め」

「その秘密を守るためにはひと殺しも許されるということですか」

「場合による」

「半助の場合は、殺さねばならなかったと？」

「そのような事実はない」

「一条家と誼を通じようとしたのは本家のご意向なのですか」

「何も一条家だけを特別に考えているわけではない。鴻池は公家の方々にもお金を貸しておる」

「しかし、喜多尾太夫を身請けし、一条実冬さまに差し出すからには、それなりの見返りを期待してのことではありませぬか」

「そなたに話すことではない」

「そうですか」

「藤十郎どの。念のために申しておきます」

佐五郎が口許に冷笑を浮かべた。

「大坂では鴻池の息は東西の奉行所にもかかっています。つまり、大坂では黒い物でも鴻池が白と言ったら白なのです。どうぞ、このことお含みおきを」

「つまり、吉弥どのにはお咎めはないということですね」

「あの者はただ嫉妬に狂って間違いをしでかしただけ。咎めるほどのことではありません。あの者は鴻池のためによく働いてくれますので」

「では、吉弥どのは無事なのですね」

「そうです」

　これほどあからさまに認めるとは予想していなかった。吉弥は自害させられるかもしれないと心配していたが、それは杞憂だった。

「吉弥どのは半助殺しで、江戸の岡っ引きが追っています。こちらの奉行所に捕縛を頼み、江戸に送ってもらうことを考えていましたが、どうやらそれも無理のようですね」

「奉行所に訴えても無駄です」

佐五郎はまた含み笑いをした。

「そうですか。吉弥どのを江戸に送ってもらうわけには行きませんか」

「できぬ」

善右衛門が平然と言う。

「それでは、私は江戸に帰って、改めて大坂の奉行所にお頼みいたしましょう。その前に大坂城代にでも話を通したほうがいいかもしれませんね」

「無駄だと、何度も申しておりますが」

佐五郎が冷やかに言う。

「鴻池さまの大坂でのご威光はよくわかりました。しかしながら、我が『大和屋』は神君家康公からお墨付きをいただいた家柄。老中方とも懇意にしております。もし、お公家さまが御法度を破った場合にはそれなりの始末をしていただかなければなりません。きっとご老中も動かれましょう。なにしろ、私には喜多尾太夫の手紙と大瀬竹之丞が書いた事件に関わる覚書がございます」

竹之丞の覚書云々は脅しのための偽りだった。

「鴻池に歯向かうと言うのか」

善右衛門は声を震わせた。

「いえ、そのつもりはありません。あくまでも半助殺しのわけを探り、喜多尾太夫を殺した下手人に鉄槌をくだす。それだけでございます」

「…………」

「どうも長居をいたしました。別れの宴を催してくださるとのお話でしたが、早く江戸に帰って事を進めなければなりません。これから、すぐに大坂を発ちたいと思います」

辞儀をしたあとで、

「なお、念のために申し添えておきますが、ことの顚末はすでに書状に認め、早飛脚にて江戸に送りました。その中で、もし我らが帰りの道中で襲われたら、書状に認めたことが事実であるとの証。ただちに、幕閣を動かし、京都所司代……」

「もうよい」

善右衛門が片手を上げた。

「やはり、そなたはわしが睨んだとおりの男であった。藤十郎どの。これだけは信じてもらいたい。わしはそなたをおそのの婿にしたかった。『大和屋』と手を結び、共栄共存を願った」

藤十郎はおやっと思った。善右衛門がいままでとは違う苦しげな顔つきになったのだ。佐五郎の表情も曇っている。

「裏鴻池の噂を耳にいたします。裏鴻池とはなんのために存在するのですか」

「鴻池は酒屋より興り、やがて海運業から蔵元、そして両替商となり、大名貸しにて富を得、新田開発に手を伸ばしてここまで大きくなった。ところが、いつごろからか、鴻池の始祖新六幸元（しんろくゆきもと）の父が尼子氏の勇将山中鹿之助であることが公然となった。すると、尼子氏に関わりを持つ者たちが鴻池に集まるようになった。裏鴻池とは山中鹿之助を遠祖と考える者たちだ。藤十郎どの。わしが言えるのはそこまでだ」

善右衛門は話を打ち切り、

「江戸までの道中、わしが命にかえても安全を請け合う。藤十郎どの。これでさらばだ」

と言うなり、立ち上がった。

「お待ちください」

藤十郎は善右衛門に、

「おそのどのと徳太郎どのを夫婦にしてやってください」

と、訴えた。

「わかった」

藤十郎は部屋を出て行く善右衛門に頭を下げて見送った。その背中が弱々しく見えた。善右衛門の言葉に何かの示唆があった。鴻池では本家筋と裏鴻池の対立があるのではないか。両者は必ずしも同じ道を歩んでいるわけではない。

「佐五郎どの。分家の庄右衛門さまは裏鴻池の人間でございますか」

一拍間があって、

「裏鴻池に近い方です」

と、佐五郎は答えた。

「では、吉弥どのは？」

「吉弥は裏鴻池の人間です。善右衛門さまは、藤十郎さまの力を借りて裏鴻池を……。いえ、忘れてください」

佐五郎はあわてて口を閉ざした。

藤十郎は源太郎とともに鴻池の本家をあとにした。

「善右衛門どのは、裏鴻池と闘っておられるのかもしれませんな」

藤十郎は感想を述べた。

「過激な動きは裏鴻池であり、善右衛門は必ずしも同意しているわけではないようだ。裏鴻池を抑えつけることができなくなったのかもしれぬな」

「それだけ、裏鴻池が大きくなったということですね」

裏鴻池の正体を摑みたいと思ったが、鴻池の幾重にも張り巡らされた企みを知り、藤十郎は新たな危惧を抱いた。

藤十郎を大坂に呼びつけたのは藤十郎を罠にはめて始末するためと思っていた。確かにそれもあっただろう。だが、もうひとつ目的があったのではないか。

江戸を留守にさせることだ。裏鴻池は江戸で何かを企んでいる。そう思わざるを得なかった。

「如月どの。江戸に戻りましょう」

「よし」

ふたりは旅籠に戻り、六助や三太とともに江戸に帰る支度にかかった。

藤十郎は、仔細をしたためた文を書き、館林へ早飛脚を出した。

翌日の早暁、藤十郎の一行は天神の甚八と亀吉の見送りを受けて、京橋口から京街道を伏見に向かった。

五

足音がした。障子を開けて、女房のおときが入って来た。

「旦那がいらっしゃったわよ」

おときのうしろから近田征四郎が現われた。吾平は起き上がろうとして、うっと呻いた。

「無理するな」

征四郎があわてて止める。

「なあに、もうだいぶいいんです」

吾平は顔をしかめながら言い、やっと、体を起こした。

「あと十日もしたら歩けるようになるだろうって医者は言ってます。十日なんて、とんでもねえ。あと五日で歩けるようにしろって言ってるんですがね」

吾平はいまいましげに口許を歪めた。もちろん、医者に対しての腹立ちではない。池之端仲町の骨董屋『小鹿屋』の主人光右衛門と番頭春太郎に対してだ。

『小鹿屋』は鴻池の江戸の根城だ。光右衛門が何かを企んでいる。それを探っていて何者かに襲われたのだ。こん棒で殴られ、匕首で太股を刺された。通行人がやって来なければ死んでいただろう。

半月以上寝たきりで、最近になってようやく体を起こすことができるようになった。

「旦那。やはり、あっしを襲った連中は捕まらないようですね」

吾平は皮肉を込めてきく。

「ああ、皆目、手掛かりがねえんでな」

征四郎は難しい顔をした。

「あっしが元気なら、すぐに『小鹿屋』に踏み込むんですがねえ」

襲ったのは光右衛門の指図に決まっている。だが、征四郎は優柔不断だ。いや、征四郎も上から釘を刺されている。

「吾平。どうだ、元気になったら、また俺の下で働かねえか」

征四郎が言う。

「無理ですよ。上役の顔色を窺っての探索など、何もできねえと同じですからね」

「そう言うな。手札を持っていれば、相手にも脅しはきく。岡っ引きを襲うような、ばかな真似はできねえ」

確かに、吾平が襲われたのは岡っ引きではなくなったからだ。

「まあ、考えておけ。また、来る」

征四郎は立ち上がって部屋を出て行きかけた。

障子に手をかけて立ち止まり、振り返った。

「そうそう、言い忘れた。『万屋』の藤十郎が帰って来たそうだ」

「えっ、帰って来た？」

「うむ。じゃあな」

征四郎は引き上げていった。

（藤十郎さまが帰って来た）

吾平は全身に力が漲ってきた。

「おとき、おとき」

吾平は女房を呼んだ。

「なんだね、大きな声で。あら、どうしたと言うのさ」

部屋に入って来たおときは、吾平が立ち上がったのを見て目を瞠った。

「出かける。支度だ」

「何言っているのさ。無理に決まっているじゃないか」

立ち上がったが、太股の激痛がはしり、吾平はくずおれた。

「どうしても、会わなきゃならねえ」

倒れたまま、吾平は悔しそうに叫んでいた。

「あら、また誰か来た」

おときが出て行った。

江戸のことは任せて下さいと大見得を切ったのに、このざまだ。そのことも謝らねばならないと思った。

おときが戻って来た。

「おまえさん。お客さんだよ」

「客?」

顔を上げ、吾平は素っ頓狂な声を上げた。

「藤十郎さま」

「吾平親分。たいへんな目に遭ったようだな」

藤十郎はふとんの傍に腰を下ろした。

「いつお帰りで？」

「一昨日だ」

「どうして、あっしのことが？」

「近田征四郎どのが教えてくれた。吾平親分。すまなかった。私のために」

「とんでもない。あっしこそ、何もできねえ体になっちまって。どうでした、大坂は？」

「やはり、半助を殺したのは鴻池の吉弥だ。半助は、新町の遊廓で喜多尾太夫が客の公家に殺されたことをネタに鴻池を強請ったのだ」

想像であるが、と藤十郎は続けた。

半助は新町の遊女屋の帰り、医者が揚屋の『三村屋』の裏口からあわただしく入って行くのを見た。何かあったと直感した半助は様子を窺っていると、鴻池の駕籠が出て来た。そのあとを半助はつけた。事件の真相を知った半助は鴻池を強請る前に、大瀬竹之丞にも真相を確かめようと接触を図ったのだ。そのとき、半助は竹之丞の懐から財布を掏りとった。

事件後、竹之丞は恐ろしくなって喜多尾太夫からの文を文箱に仕舞い、質屋に隠した。その質札が掏られた財布に入っていた。

藤十郎の話を聞き、改めて鴻池の威光を思い知らされた吾平は、今度は自分が調べてわかったことを話した。

「なるほど。やはり、札差業へ乗り出す気か」

藤十郎の顔が厳しくなった。

「江戸での鴻池の本拠は池之端仲町にある『小鹿屋』という骨董屋です。あっしはそこを探っていて何者かに襲われたのです」

「親分のおかげで、江戸での鴻池の動きがある程度摑めた。礼を申す」

「いえ。こんな怪我さえしなければ」

吾平は悔しさを堪えた。

「早く元気になって、また手を貸してもらいたい」

「もちろんでさ」

吾平は弾んだ声で答えた。

藤十郎は吾平の家を辞去し、田原町の『万屋』に戻った。

確かに、鴻池が札差業に進出しようとしていることは脅威だ。だが、元手のある商人ならば、そこまで考えることは決して不自然ではない。

　鴻池がそういう形で江戸に乗り込もうとしていることもある意味、想像できる。しかし、これはあくまでも鴻池本家のやっていることだ。

　吾平を襲撃し、探索を阻止しようとするほどのものではない。もっと他に何かある。裏鴻池には、もっと陰湿な企みがあるのではないか。

　そんなことを考えながら、『万屋』に帰りつくと、敏八が、

「ついいましがた、『川藤』の亭主がやってきて、ぜひおいでいただきたいと言づけて行きました」

「わかった」

　藤十郎はすぐに『川藤』に出かけた。

『川藤』は浅草山之宿町の大川べりにある料理屋である。『川藤』に着くと、藤十郎は二階の小部屋に入った。

　そこに、女が待っていた。

「おつゆ」

「藤十郎さま」

「戻ってきたか」

「はい」

っていてくれました」


「よく、辛抱した」

藤十郎はおつゆの肩を抱きしめた。

「藤十郎さまからのお手紙、どんなに励みになったことか。それに、光吉さんが陰で守ってくれました」

おつゆは涙ぐんだ。

大坂での仕儀を手紙で知らせたので、父藤右衛門はおつゆを江戸に戻してもいいと判断したのであろう。

「おつゆ。まだ、闘いはこれからだ。そなたには、もう少し耐えてもらうかもしれぬ。だが、私を信じて待つのだ」

「はい」

おつゆは藤十郎の胸の中で目を閉じた。

おつゆの肩を抱きながらも、裏鴻池は江戸にどんな手を打ってくるのか、そのことが気にかかる。

しかし、今はそのことを忘れよう。おつゆとのひとときを大事にしようと、藤十郎はおつゆの肩を抱く腕に力を込めた。

解説

細谷正充

小杉健治と質屋の縁は深いものがある。いや別に、作者が質屋を愛用しているとかではない。あくまでも作品の話だ。一九八三年、「原島弁護士の処置」（現「原島弁護士の愛と悲しみ」）で、第二十二回オール讀物推理小説新人賞を受賞して作家デビューを果たした作者は、以後、現代ミステリーを次々と発表。その中のひとつに、一九九三年十月に光文社から刊行された『犯人のいない犯罪　質草人情物語』があるのだ。この作品は、浅草にある『天野質店』の天野父子を主人公にした、連作ミステリーであった。店に質入れされた品物にまつわる謎を解きながら、放火事件にかかわっていく父子の、人情味豊かな言動が爽やかな秀作である。デビュー当初から人間を温かに見つめてきた作者らしい物語といえよう。

そんな作者が、再び質屋の主人を主役にした作品を発表した。二〇一二年十一月に集英社文庫から書き下ろしで刊行された『質屋藤十郎隠御用』から始まる、「質屋藤十郎隠御用」シリーズだ。本書『恋飛脚　質屋藤十郎隠御用』は、その第四弾である。主人公の名前は藤十郎。『犯人のいない犯罪 質草人情物語』と同じく、浅草にある質屋『万屋』の主人である。といっても時代が違う。『天野質店』が建っているのは現代だが、『万屋』のあるのは江戸時代だ。さらに単なる質屋の天野父子に対して、藤十郎は質屋稼業の裏に、意外な顔を持っていたのである。

そもそも藤十郎は、灯心を一手に扱う傍ら、大名貸しをしている豪商『大和屋』の主人・藤右衛門の息子だ。だが、『大和屋』の正体は、武士であった。神君家康の命によって商人を隠れ蓑(かくみの)とし、金銭関係に困った武士を助けるために活動しているのである。藤十郎が質屋をしているのも、その一環だ。また『大和屋』の資金は、江戸に隠然たる勢力を持つ、浅草弾左衛門から出ている。ちなみに浅草弾左衛門は、作者の初の時代小説『元禄町人武士』(現『大江戸人情絵巻 御家人月十郎』)にも登場している(名前の表記は浅草団左衛門)。それだけではなく、本シリーズと通じ合う部分が多いので、興味を覚えた人は、こちらの作品にも手を伸ばしてもらいたい。

閑話休題。そのような密命を帯びている藤十郎だが、第二巻『からくり箱 質屋藤十郎隠御用』の中で、

「『大和屋』の使命は疲弊した武家社会に救いの手を差し伸べることだが、藤十郎は天下のために一命を賭す覚悟である。武士も町人もない。困っている人間を助ける。それ

が自分の使命だと、藤十郎は思っている」

と、書かれているように、彼の理想は高く、想いは大きい。だから市井の人々の為に、権力の悪にも果敢に立ち向かうのである。しかし第二巻から、藤十郎たちの前に現れた敵は、あまりにも巨大であった。大坂の豪商の鴻池である。裏鴻池という謎の組織を抱える鴻池は、江戸進出を企み、人殺しも辞さない暗躍を繰り返す。その目的は、金の力による、この国の支配だ。第三巻『赤姫心中　質屋藤十郎隠御用』では、人気女形・大瀬竹之丞の謎の死を発端に、藤十郎と裏鴻池がぶつかり合った。その騒動こそ一段落したものの、竹之丞の件は、本書へと尾を引くことになる。

上方訛りを持つ半助という男が『万屋』に持ち込んだ財布。それには大瀬竹之丞の家紋と同じ竹紋の刺繍があった。その後、岡っ引きの蝮の吾平から、半助が殺されたことを聞かされる。かつては藤十郎に金と秘密の臭いを感じて敵対していた吾平。しかし前巻で藤十郎から協力を求められたことで、彼は変わった。着実な探索で浅草の奥山に赴いた吾平は、掏摸の六助が仕事を失敗して、鴻池の者に捕われる場面に遭遇。この時点では知らなかったが、六助は半助と面識があり、半助が鴻池本家の者の姿を見て怯えたことから、殺しの一件に彼らが何らかの関係があると睨んでいたのだ。

一方、藤十郎は半助が質入れした財布が竹之丞のものだと確認すると、財布に隠された、大坂の質屋『宝来屋』の質札を発見。竹之丞が大坂で起こした騒動が、江戸での彼の死の遠因になったのではないかと推察する。また前巻で、鴻池の末娘のおそのと、藤十郎の婚礼話が持ち上がったが、この件もはっきりさせなければいけない。鴻池が婚礼話を進める理由は、江戸進出を確かなものにすることと、『大和屋』を牽制することであろう。『大和屋』の番頭の娘で、隠御用の手足となっているおつゆを愛する藤十郎としては、婚礼をことわりたいところだが、藤右衛門たちはあえて受けようとしている。そのため、おつゆを館林に送って、藤十郎から遠ざけたほどだ。

あれやこれやあって、『万屋』の用心棒の如月源太郎や、六助を連れて大坂に行くことを決意した藤十郎。江戸で探索を続ける吾平。それぞれの場所で、江戸の人々を守るための、激しい戦いが巻き起ころうとしていた。

巻を重ねるごとにエスカレートしてきた、藤十郎と鴻池の戦いも、新局面に突入。ついに藤十郎が、鴻池の本拠地である大坂に乗り込むのだ。今までの舞台は江戸であり、藤十郎はホームで戦っていた。しかし大坂はアウェイだ。ちらりと過去を覗かせる用心棒の如月源太郎や、気のいい掏摸の六助を連れているが、最初から厳しい戦いが予想される。事実、おそのの元許嫁を利用したどす黒い計略や、町奉行まで抱え込んだ権力の誇示など、鴻池の力は凄まじいものがあった。それでも藤十郎は、竹之丞が大坂で起こした騒動の真相を求めることを止めない。無惨に死んでいった者たちの為に、すべてを明らかにしようとする。困っている人間を助けることを使命だと信じる藤十郎の、熱き行動を、応援せずにはいられない。

もちろん、ストーリーの面白さも抜群である。前巻から始まった、大瀬竹之丞を巡る一連の騒動が、実によく考え抜かれているのだ。竹之丞の財布を『万屋』に持ち込んだ後、殺された半助の、事件への絡ませ方もお見事。大坂で竹之丞が起こした騒動の意外な真相と、鴻池の野望が炙（あぶ）り出される場面は、読んでいて興奮してしまった。ミステリーと時代小説のジャンルを股にかける、作者ならではの時代ミステリーになっているのである。

さらに、吾平の活躍も見逃せない。もともと蝮と呼ばれる、嫌われ者の岡っ引きだった吾平。シリーズ当初は、藤十郎に理不尽な憎しみを抱き、執拗（しつよう）に付きまとっていた。そう、どちらかといえば彼は、主人公の敵だったのだ。しかし第三巻の後半で、藤十郎から鴻池のことを聞き、協力を持ちかけられてから吾平は変わる。半助殺しの真相を追っていて、与力まで巻き込んだ鴻池の妨害を受けると、敢然とある決断を下すのだ。吾平よ、いつの間に、これほど魅力的な男になったのか。物語世界の中で、変化していくキャラクターも、シリーズ物の大きな読みどころになっているのだ。

おっと、変わるといえば、鴻池もだ。尼子氏の忠臣の山中鹿之助の息子を始祖に持つ鴻池は、酒屋より興り、やがて海運業から蔵元、さらには両替商として巨万の富を築いした。江戸時代は経済の発展により、商人の力が強くなっていったが、そのトップに君臨したといっていい。鴻池から金を借りている多くの大名も、頭が上がらなかったそうである。

そんな鴻池を、大名貸しをもとにして全国の経済支配を企む集団として描いたのが、一九七七年十一月に刊行された、南原幹雄の『鴻池一族の野望』だ。以後、鴻池が登場する時代小説が増えていったが、野望を滾(たぎ)らせる悪党として描く作品があれば、巨大な力を正しく使おうとする善人としたものもあった。まさに、いいも悪いも作品しだいだ。なので本シリーズを読んで、この物語の鴻池は悪党として扱われていると思い込んでいたのである。

ところが本書の終盤で、その考えが揺らぐ。なんと鴻池は一枚岩ではなく、藤十郎とおそのの婚礼話にも、意外な狙いがあったのだ。ああ、これで益々、シリーズの行方が分からなくなった。一冊の中で、メインの事件はきちんと解決しながら、先への興味を掻(か)き立てるネタを仕込む。多数の文庫書き下ろし時代小説シリーズを抱える小杉健治が、その腕前を十全に発揮しているのだから、読んでいるこちらが翻弄されるのは当然のこと。作者の狙い通りに、本を閉じた瞬間から、シリーズ第五弾を期待してしまうのである。

最後に、ちょっとした妄想をひとつ。本シリーズの中で藤十郎は何度も、おつゆと夫婦になり、普通に質屋を営みたいと思っている。もしそれが実現したらどうだろう。ふたりの子孫が、江戸から明治・大正・昭和と質屋を受け継ぎ、それが何らかの事情で場所をちょっと移し、店名を『天野質店』と変えたとか。そう、『天野質店』の父子は、藤十郎の子孫だったんだよ……なんて勝手に作品を関連付けてしまうのも、小杉ファンならではの楽しみだ。江戸でも現代でも変わらず、庶民の味方をする質屋の主人の姿に、脳内妄想が止まらないのである。

（ほそや・まさみつ　文芸評論家）

集英社文庫

恋飛脚（こいびきゃく） 質屋藤十郎隠御用（しちやとうじゅうろうかげごよう） 四

2015年11月25日 第1刷　　定価はカバーに表示してあります。

著 者 小杉健治（こすぎけんじ）

発行者 村田登志江

発行所 株式会社 集英社
東京都千代田区一ツ橋2-5-10 〒101-8050
電話 【編集部】03-3230-6095
【読者係】03-3230-6080
【販売部】03-3230-6393（書店専用）

印 刷 株式会社 廣済堂

製 本 株式会社 廣済堂

フォーマットデザイン アリヤマデザインストア　　マークデザイン 居山浩二

ISBN978-4-08-745387-4 C0193